哈佛经典
英国与美国名家随笔

Harvard Classics

英美名家随笔

【美】查尔斯·艾略特（Charles W.Eliot）/ 主编

王 坤 / 译

中华工商联合出版社

图书在版编目（CIP）数据

英美名家随笔/（美）查尔斯·艾略特主编；王坤
译. --北京：中华工商联合出版社，2018.1
 ISBN 978-7-5158-2169-6

 Ⅰ. ①英… Ⅱ. ①查… ②王… Ⅲ. ①随笔—作品集
—美国—现代 ②随笔—作品集—英国—现代 Ⅳ.
①I712.65 ②I561.65

 中国版本图书馆 CIP 数据核字（2017）第 313633 号

英美名家随笔

作　　者：（美）查尔斯·艾略特（Charles W. Eliot）
译　　者：王　坤
出 品 人：徐　潜
策划编辑：魏鸿鸣
责任编辑：林　立　崔红亮
封面设计：周　源
责任审读：魏鸿鸣
责任印制：迈致红
出版发行：中华工商联合出版社有限责任公司
印　　刷：天津旭丰源印刷有限公司
版　　次：2018 年 1 月第 1 版
印　　次：2023 年 4 月第 4 次印刷
开　　本：710mm×1020mm　1/16
字　　数：118 千字
印　　张：11.5
书　　号：ISBN 978-7-5158-2169-6
定　　价：39.80元

服务热线：010－58301130
销售热线：010－58302813
地址邮编：北京市西城区西环广场 A 座
　　　　　19－20 层，100044
http://www.chgslcbs.cn
E-mail：cicap1202@sina.com（营销中心）
E-mail：gslzbs@sina.com（总编室）

凡本社图书出现印装质量
问题，请与印务部联系。
联系电话：010－58302915

向经典致敬

《哈佛经典》代前言

　　这里向各位书友推介的是被中国现代新文化运动先驱者的胡适先生称为"奇书"的《哈佛经典》。这是一套集文史哲和宗教、文化于一体的大型丛书,共50册。这次出版,我们选择了其中的《名家(前言)序言》《名家讲座》《英美名家随笔》《文学与哲学名家随笔》《美国历史文献》,这些经典散文堪称是经人类历史大浪淘沙而留存下来的文化真金,每一篇都闪烁着人类理性和智慧的光辉。有人说,先有哈佛后有美国。因为在建校370多年的历史中,哈佛培养出7位美国总统,40多位诺贝尔奖得主,政界、商界、科技、文艺领域的精英不计其数。但有一点,他们都是铭记着"与柏拉图为友、与亚里士多德为友、更与真理为友"的校训成长、成功的。正像《哈佛经典》的主编,该校第二任校长查尔斯·艾略特所言:"我选编《哈佛经典》,旨在为认真、执着的读者提供文学养分,他们将可以从中大致了解从古代直至十九世纪以来观察、记录、发明以及想象的进程,作为一个二十世纪的文化人,他不仅理所当然地要有开明的理念或思维方法,而且还必须拥有一座人类从荒蛮发展为文明进程中所积累起来的、有文字记载的关于发现、经历，以及思索的宝藏。"这些文字是真正的人类思想的富矿，是取之不尽用之不竭的智慧宝藏，具有永恒的文化魅力。

从文献价值上看，它从最古老的宗教典籍到西方和东方历史文献都有着独到的选择，既关注到不同文明的起源，又绵延达三个世纪之久，尤其是对美国现代文明的展示，有着深刻的寓意。

从思想传播上看，《哈佛经典》所关注到的，其地域的广度、历史的纵深、文化的代表性都体现了人类在当时特定历史条件下所能达到的思想巅峰，并用那些伟大的作品揭示出当时人类进步和文明的实际高度。

从艺术修养的价值来看，《哈佛经典》涵盖了历史、哲学、宗教论著和诗歌、传记、戏剧散文等文学样式，甚至随笔和讲演录也是超一流的，它们都是那个时代精品中的精品。

《哈佛经典》第19卷《浮士德》中有这样一句名言，"理论是苍白的，只有生命之树常青"。让我们摒弃说教，快一点地走进《哈佛经典》，尽情地享受大师给我们带来的智慧的快乐，真理的快乐。

目　录

罗伯特·路易斯·史蒂文森

引入语

罗伯特·路易斯·巴尔弗·史蒂文森（1850 年～1894 年）是著名的小说家、散文家和诗人，其家族曾以建造灯塔而闻名。他出生于苏格兰的爱丁堡，本来打算继承祖业当一名工程师，后来改学法律，但是并未获得巨大成功，最终投身于命中注定的写作生涯。

史蒂文森从写散文开始了他的职业生涯，曾先后发行了两卷幽默的引人沉思的游记，即《内河航行》和《驴背旅程》，然后他在《新天方夜谭》中收集了一些他已经发表在杂志上的稀奇古怪的短篇小说。1883 年，他以孩童的语言习惯创作了《金银岛》，并且第一次引起了广大公众的注意。这是他最著名的作品之一，而且很有可能是其最优秀的作品。他最轰动的成功之作是《化身博士》，但是他的作品之中，能体现其更高的文学素养的是《杜里世家》、《绑架》和《卡特里奥娜》等一批小说。在一定程度上来说，他是遵循了斯科特的写作传统，他也具备更大规格的完成风格，但是却没有斯科特的精细的自发性和无意识性。他还出版了三小册诗集，这些诗集中的一些诗歌也拥有很大的魅力。

史蒂文森基本上是一位口语化的艺术家。现代欲望节奏的微妙和表达的细微色调渲染在他的作品中体现得淋漓尽致，而且达到了很深的造诣。他的作品中，极端专注于风格的优点和缺陷并存。但是，他有控制事件主题的优点。他是一个高超的善于讲故事的人，是一位敏锐和感性的批评家，更是热爱生活、全心投入生活的人。在《交往的真相》一文中，读者会发现他亲切和委婉的道德说教的例子；在《塞缪尔·佩皮斯》中，他阐释了文学史上最惊人的作品之一的自我启示的穿透性。

交往的真相

交往与真相，它们就是偶然结合的错误，最荒唐并最广泛地传达了可怕的命题。在这件事上，说实话是很容易的，而撒谎就是很困难的。我衷心地希望它确实是如此的，但事实是这只是其中的一个方面。它最早被发现，然后是那么公正、准确地被传播开来。即使具备了特别为这样的目标而制作的仪器，即有规矩尺、水平仪，或者经纬仪的帮助，要想做到准确无误也是不容易的；恰恰相反，做到不精确倒是更容易了。从这些做上大量标记的人到那些测量帝国或者天上恒星的距离界限的人，它是通过仔细的方法和记录，以坚持不懈的注意来实现的。在此过程中人们甚至上升到材料的正确性或者甚至是外部和不变的东西确定的知识。但是，绘制山的轮廓要比描述脸的外观变化更容易。人与人之间关系的真相是更加难以理解的和以可疑顺序排列的：很难把握，并且难以沟通。从一个松散的、口语化的感觉来看，精确性对于事实而言，不是说我一直在马拉巴尔的事实说明我从来没有离开过英格兰，不是说我已经阅读了原来的塞万缇斯的事实说明我仅仅知道西班牙语的一个音节而已。的确，这是很简单的，相同的程度来看其本身也并不是很重要的。根据情况，这样的谎言可能会或可能不会是重要的，在一定意义上甚至可能会或可能不会是假的。习惯性说谎者可能是一个非常诚实的家伙，而且他能够与他的妻子和朋友们过着真实的生活，而另一名从来没有说过谎言的男子在他的生活中从上到下很可能是有着谎言的心脏和嘴脸的。这是一种毒害亲密的谎言形式。而且，反之亦然，精确性对于情感、真理的关系，真情对于你自己的心脏和你的朋友，从来没有假装或者伪造的情感——这就是人与人之间爱的可能和人类幸福的真相。

艺术说得再好，也没有多大的影响力，除非它被注入真理的概念，否则就一无是处了。文学的难度不是在于写什么，而是在于写出你的意思；不是去影响你的阅读者，而是像你所期望的那样去精确地影响他。这就是通常所理解的书籍或设置演说的情况了，甚至是形成你的意志，或者写出一封明确的信。有些困难是世界承认的，但是有一件事你是不能使菲利士人本能地去理解的。一句话，从表面上来看，作为形而上学者的菲利士人的智慧对于谎言也是无法将其完全掌控的。也就是说，生命的业务主要是由这个文学艺术的手段来进行，并且根据一个人的能力，人们认为艺术应该使其他人交往得自由和丰富。任何人，他应该随时可以说出他想表达的意思，尽管这个意思有时并不适宜讲出。现在，我只要打开我一直在读的最后的一本书，利兰先生的迷人的《英国吉卜赛人》。"这是说，"我在第七页发现，"那些可以与爱尔兰农民交谈，用自己的母语形式的美丽赞赏的高见，心中幽默和感伤的元素，比那些只能通过英语这个中介来了解他们想法的人要高明得多。我从我自己的观察知道北美印第安人也是完全符合此种情况的，这无疑也是适合于吉卜赛人的。"总之，当一个人在某地不能完全使用该地的语言，他最具亲和力、最重要的本质特性就有了说谎和隐瞒的倾向了，对友谊的快乐，以及知识分子的爱，完全在于这些"幽默和感伤的元素"。这是一个优雅的人在具备了前两者，但是却缺乏中间的媒介时的状态。这个媒介是他无法进入到感性因而时常发挥其兴趣的一个重要因素。但是，什么使得我们在使用外语的情况下可以欣赏和理解地更加简单，尽管我们在童年时期学习过这方面的知识呢？事实上，我们都在讲不同的方言，某个人可能是丰富和准确的，而另一个人则是松散、贫瘠的；但是理想的说话者的话语应该是符合和适应事实的，而不是笨拙、轮廓模糊的，就像一个地幔，应该有着干净整洁的吸附力，就像一个运动员的皮肤一样。结果是什么呢？可以向他的朋友更清楚地打开自己内心的人，并且可以享受更多真正有价值的生活的人——会成为那些他所爱的人的亲密伙伴。一个演说家谋划出了虚假的步骤，他使用了一些琐碎的、有些荒唐的，甚至有些粗俗的语言。在一个句子更替之时，他被侮辱了，那些他努力地试图去吸引的；在他倾诉一种情绪时，他不自觉地插入了另一个话题，你是不会感到惊讶的，因为你知道他的任务就是细腻而充满危险的。"人类无聊的内心世界就是一种很显而易见的无知！"好像你自己，当你试图解释一些误解或者为一些明显的错误寻找借口时，提高语速和寻找大脑里最近的激怒，并不是给一个更危险的冒险增加安全指数，仿佛自己需要更少的机智和口才，仿佛一个愤怒的朋友或可疑的情人不是比冷漠的政客更容易得罪一样！不仅如此，而且演说家很容易陷入被动的局面，他所讨论的问题已经被讨论了上千遍了，达到他的目的的语言早已经就绪了，他只是添油加醋地用索然无味的词汇再表达一下而已。但你可能不会是为了防御那些有点微妙的感觉，也不是仅仅粗略地接触一下莎士比亚的作品，所有这些都是为了表达你会像一个先驱一样在还没有开发的思想领域冒险，并成为一个文学创新的自我。因为即使对于爱情来说也时常会有不可爱的诙谐、暧昧的行为，以及不可原谅的话还可能凭借一种情绪如雨后春笋般涌现出来。如果受伤的人能读懂你的心思，你可以肯定他是会理解和体谅你的，但是，唉！心思是不能正常自我显示的，它是必须用话语来证明的。你是否认为写诗是一件很难的事情呢？为什么？写诗就应该是高标准的，如果不是最高标准的，那就只是按部就班而已。

我甚至更应该佩服那些我的同胞之中富有"终身学习和英勇精神的文学界人士"，他们耐心地用语言清理他们的爱和他们的观点，并且每天向他们的妻子讲述自传。假设出现了某种情况，它就会减少他们的困难及我的钦佩。虽然很大程度上对于生活来说并不完全是由文学来进行的，但是我们受身体的激情和扭曲所影响，通过无意识的语调，声音会中断或变化，像一本打开的书，我们有清晰的面容，事情不能说通过眼睛的判断看上去是雄辩的，不会像地牢一样被锁定在身体里，灵魂曾经在具有吸引力信号的门槛上驻扎。呻吟和眼泪，神态和动作，红晕或者苍白，往往是内心最清晰的代表者，并且更能够直接地与别人的心对话。这些消息被这些翻译者们在最少的空间里传播，而误解在其出生的那一刻就被避免了。言传身教是需要时间和公正的，以及非常耐心地倾听，而在有着密切关系的关键时期，耐心和正义往往是不可以依靠的。但是表情或者手势立即就解释了一切，它们毫不含糊地传达了消息，不像讲话一样。顺便说一句，对于羞辱或者暗示，你应该对那些违背真相的朋友冷酷无情，然后他们就会有一个更高的权威，因为他们是用心来直接表达的，而不是通过不诚实或日臻完善的大脑来传递的。不久前我给和我有过争吵的一位朋友写了一封信，但我们见面时，并且在个人讲话中，我反复地重复了我所写的最差的那部分，并且使之愈发糟糕了。在有身体的展示解说的背景下，似乎听起来或者说起来都是非常友好的，事实上，信件对于要达到亲密关系的目的来说是徒劳的，缺席就是对关系彻底的破坏。但是对两个彼此熟悉并且全心全意相爱的人来说，他们是如此保护他们的感情，即使当他们已经分手了他们还依然可以在某些事情上达成一致的观点。

令人感到惋惜的是盲人的情况，因为他们看不到别人的脸；同样的还有聋哑人的情况，他们不能感知声音的变化。并且有许多其他人也值得同情。对于那些有一点儿惰性、不善言谈的人来说，他们被剥夺了所有的通信符号。他们既没有热闹的戏剧表情，也没有说话的手势，更没有一个回应的声音，也没有坦白、解释性发言这种方式。人们真正是黏土制成的，人们都生活在没有人可以撤销的束缚之中。他们比吉卜赛人的境遇还差，因为吉普赛人的内心可以在没有语言的天上进行沟通。这样的人我们要慢慢通过他们行动的大意来了解熟悉，或者通过循序渐进的沟通来进行了解，或者我们依赖于总体的氛围来建立对他们的信任。现在又一次，当我们看到精神在一瞬间突破时，我们会立即纠正或者改变我们的估计。但是，这些对于亲密关系来说都将是一场艰苦的历程，到最后会变得没有魅力或自由。自由是信心的主要构成成分，浪漫平淡的一些头脑是鄙视身体禀赋的，这是一个厌世者所具有的教条东西。对于那些喜欢自己同类的人来说，它始终是没有意义的。然而，就我而言，在拥有了激进的品质，如荣誉、幽默及感伤之后，我可以看到的可取的事情只有几件而已，而不是一个活泼却又古板的面容。有每一个外观与感觉相对应的情况下，个人是优雅和令人愉快的，所以我们应以积极的赏心悦目的甚至间隔的讨好来行事，而且永远不要使用诋毁言论与粗俗的举止或者不自觉地成为我们自己嘲笑的滑稽对象。但是在所有不幸的事物之中，有一个生物（因为我不会把他称作为人）的不幸是非常显眼的。这就是已经放弃了自己与生俱来的表达权利，就是培养了巧妙的语调，就是像一只宠物猴一样被教授了脸部的技巧，并且在各个方面都被扭曲或者切断了他与他的同胞沟通的手段或者途径的人。身体就好像是有许多窗户的房子，在那里我们都坐着，显示着自己并叫喊着路人进来，来爱我们。但是，这家伙已经用有优雅的颜色的不透明玻璃挡住了他的窗户。他的房子的设计是令人钦佩和羡慕的，人们可能会在其染色玻璃窗前停留，但是同时所有穷人们必须在不舒适的、难以改变的环境中孤独地煎熬着。

从某种程度来说，交往的真相是要比公开的谎言困难得多。避免虚假，但同时也没有说真话，这是可能的。回答正式提问也是不够的。由似是而非的沟通达到真理意味着灵感的额外提问，如经常在互爱中找到的那样。似是而非是毫无意义的，含义是必须与相关的问题相联系的。要传达一个非常简单的语句，用很多话是非常必要的，在这种情况下，沉默是金是不对的。我们希望的是可以通过许多箭，从不同的侧面或远或近地射击，来表示在时间的过程中，我们的目标是什么。一个小时的谈话后，前进或后退，传达了主旨单一的原则或者一个单一的思想。然而，简短、精辟的演讲完全忽略了一点，哆嗦的前奏的乱说之人往往会在辩解的过程中又添加了三个新的罪行。这实在是一个最微妙的事情。世界是在英语语言形成之前就存在的，并且看似有着不同的发展方向。假设我们进行了交谈，不是用语言，而是在音乐上，那些拥有糟糕的耳朵的人会发现自己从附近的所有商业中分离了出来，这不会让这个世界变得更美好。但是，我们不去考虑到底有多少"坏的耳朵"，也没怎么考虑往往是最雄辩的人却找不到什么合适的回复方式。我讨厌提问者和问题，仅有很少的几个人可以说没有在说谎言。"你原谅我了吗？"女士和她的爱人之间，只要我已经在生活中，我从来就没有能够发现什么宽恕的意思。"我们之间是否还是一样的？"为什么，怎么可能会一样？它是永远不同的，但是你仍然是我真心的朋友。"你明白我吗？"上天知道，我认为这是非常不可能的。

最残酷的谎言经常被用沉默的方式讲述出来。一个人可能已经坐在一个房间里几个小时了，他甚至一句话都没有说，但他一旦走出这个房间，就有可能变成一个不忠诚的朋友或者卑鄙的诽谤者。有多少爱已经灭亡了，因为，从骄傲或者怨恨，或者缺乏自信，或者说怯懦的耻辱出发，就敢于去背叛情感。曾经的爱人，就是在关系的临界点的那个人，已经耷拉着脑袋，却管制住了他的言谈。一个谎言可能是通过一个真理来讲述的，或者通过一个谎言来传达真理。真相对于事实而言并不总是像真理对于感情一样。而事实的一部分，经常发生在回答一个问题时，可能用最肮脏的诽谤来表达。只有法律，才能使你必须既不能断章取义，也不能掩饰。谈话的整个要旨就是每个单独语句的含义的一部分，开始和结束部分定义并嘲弄中间的谈话。你从来不说给上天听，你只是和一个老乡聊聊，你充满了自己的脾气，并且告之真相，正确地理解，可你并不是说出真相，而只是要传达一个真实的印象。与其说是为了获得一种作为听证会的沟通的真理，还不如说调和转移的朋友是一个虚伪的自由裁量者。女性在这个关系上有一个有问题的称谓，但她们是生活在真正的关系之中的，一个好女人的谎言就是她的内心的真正指示。

"这需要，"梭罗说——在最高尚、最实用的段落里我记得读过的一个现代作家："两个人在讲真话，一个说，一个听。"他一定没有什么生活经验，或者对真理没有很大的热情，因为他根本就不能识别这个事实。一点儿愤怒或者一点儿怀疑所能产生的是奇特的声学效果，并且使得耳朵贪婪地去觉察冒犯之言。因此，我们发现那些曾经吵过架的人总是躲得远远的，并且又随时准备打破休战。说实话，两个人必须有道德的平等感，否则就会出现不尊重。因此父母与子女之间的真理交谈是容易沦为口头较量的，而且误解因此会变得根深蒂固。这一点上还有另一方面，父母从孩子的性格不完美的某个概念开始，形成了早期或者在青春期的冲突点。对于这一点，梭罗坚持并指出只有这与他的成见是相适应的事实。任何时候，当一个人幻想自己做出了不公正的审判时，他最终会放弃跟你说实话的努力。与我们选择的朋友一样，从另一方面来看，有相同的爱好者（相互理解是爱的本质）之间，真相很容易被一个指示恰当地理解。采取一个提示，了解一下，传达漫长而细致的讲解要点，甚至似是而非也变得明亮了。在最接近的所有关系之中——良好建立的和同样分享的爱是不会被抛弃的，就像一个正式的礼仪。两个直接面对面沟通的人，他们有直观和较少的话语来分享他们的善良与邪恶，维护彼此心灵的喜悦。爱是存在于一个物理基础中的，它熟悉大自然的制作全过程及远离自愿的选择。理解是具有某种逃脱意识的，对于感情来说或许是开始于熟人之间的，因为它并不是像其他关系那样确立的，所以它不是像其他感情因素一样，被扰动或者蒙上阴影。每个人知道的都比可以说出的多得多。每一个生命都因信仰而活着，并且认为是由自然所迫使的。而丈夫和妻子之间的身体语言在很大程度上发展壮大，并且奇怪地发展成了齐头并进的雄辩。由此激起的思想及通过爱抚传达的思想只能通过话语表达出来了，虽然莎士比亚本人应该是个抄写员。

然而正是在这些亲密关系之中，我们要努力为真相去争取机会。

但是一个疑问出现了，唉！之前所有的亲密关系和信心都变成了对另一个人的怀疑和指控。"如果我被欺骗了这么久、这么彻底，这将是多么可怕的事情啊！"让思想找到入口吧，你在一个法庭前祈祷，你对过去非常留恋。为什么？这就是你的罪过！你应该让大家清楚你说服的理由。唉！不过华而不实就是对你的一个反对证据。"如果你现在可以来骂我，就有可能证明你是第一个开始谩骂我的人。"

对于一个有强大感情的这样的人是时刻值得支持的，并且这些人也会有好下场。你提倡的是在你爱人的内心世界用她自己的语言来表达情感。她不是你，但是她可以用自己的力量捍卫这段情感并且去疏通关系以便使你免除被指控。但如果是其他关系呢，或者是在团体中的关系呢？事实上，它是值得的吗？我们都是不被理解或者被欣赏之人，只有或多或少对于飞来横祸的关心。所有人试图用错误的方法做正确的事，所有的人都试图像哑巴一样称赞彼此的脚，从而忽视了摇尾乞怜的小狗。有时，我们的眼睛会发现这些奥秘——这是我们年龄的机会。我们带着一个贫穷的笑容摇动我们的尾巴。就这些？这是所有的了？但是他们怎么能知道呢？他们又不爱我们。如果我们挥霍生命的冷漠，那么我们就更是傻瓜了。

但是，你会很高兴听到，事物总是向好的一面发展。只因为它试图去理解他人，我们就可以得到我们自己内心的理解。在人情世故上，温和的法官才是最成功的辩护人。

塞缪尔·佩皮斯

在这两本书里，最近，人们又重新注意到了塞缪尔·佩皮斯的个性和位置。布莱特先生给了我们一个日记的新副本，它在内容上增加了近三分之一的篇章，也纠正了许多错误，在一些好奇和重要的观点上，完善了我们对此人的了解。可我们只能遗憾地说，他对待作者和公众的方式比较随意。一个既定的经典之作的编辑没有权利来决定什么内容是可以或不可以"对读者是乏味的"。这本书可以是一个历史文件，也可以不是。它通过谴责布雷布鲁克的同时，布莱特谴责了自己。作为历史悠久发展的一面来说，它"不适合出版"，书里没有愤世嫉俗，我们倒可以把它作为一项预防措施或者是商业的标志。我们会认为，当我们购买六个庞大的、价格昂贵的令人沮丧的卷宗，我们有权被当作是学者，而不是孩子。但是布莱特先生可以放心：当我们抱怨时，我们仍然心存感激。韦奕礼先生，为了分担我们的义务，汇集了大量的材料，材料清晰而且没有遗漏。有时候，我们可能会问多一点，而且从来没有想少做一点的时候。而事实上，韦奕礼先生的卷宗可能被转译了，被佩皮斯的一个很好的编辑转译的，在文本的空白部分转译的，因为它恰恰是读者想要的。

就这两本书来说，至少，我们现在必须去了解我们的作者。在两本书之间，它们包含了我们能期待学到的很多东西，尽管这可能需要花费我们很多年时间。现在，如果有的话，我们应该能够对可以载入史册的无与伦比的人物形成一些概念——三个无与伦比的很好的理由是：第一，因为他是一个为他同时代的人所熟悉的人，他全身充满光环，而他的后代却对他有不当的认识，就像对待地下室的同志那样；第二，因为在艺术方面或凭借对自己有诚实的意识方面，他已经超过了所有的竞争对手；第三，因为在很多方面，他只是一个很普通的人，然而，他却将自己用这样的丰满和一种亲密的细节的方式置于公众的视线前，这样可能会像天才蒙田那样遭人妒忌。他不是为了自己着想，而是作为一个被赋予了一种独特天赋的人，且他的光芒照耀着广大众生的生活，他肯定是值得被长期和耐心研究的。

日 记

没有哪本书像佩皮斯的日记一样是无与伦比的。佩皮斯，在一个腐败和空闲的时期，在公共就业方面坚韧不拔，艰苦劳作，保持了他的荣誉的光芒。在詹姆斯之后也就只有佩皮斯了，如果对国王来说还不够的话，对下属来说却绰绰有余了。对他的清晰和智慧的头脑来说，就是在英国海上拥有的某种伟大成就。在探索霍克、罗德尼或尼尔森的过程中，海军办公室的佩皮斯先生有相当大的功劳。在1666年骇人听闻的瘟疫中，他通过他过硬的业务能力很好地挺了过来，他赢得了一些最好的和最聪明的英国人的喜爱和尊重。他是英国皇家协会主席，而当他逝去的时候，人们在那个庄严肃穆的时刻谈及他的成就——认为没必要谈及更多——那对他伟大的生命做出了最好的解释。在世时，他有尊严地行走，有时候，有一些士兵会来陪伴保护，副官在他的假发前鞠躬，而当他说出自己的想法时，他们会迎合他的状态并给予服务。

在1668年2月8日，我们发现他写信给伊夫林，他内心痛苦地为晚期的荷兰战争所苦恼，痛斥了人们想象中的伟大的无敌舰队："先生，你不要感到奇怪，在你为我制作了礼物后那么多天，我才对你进行感谢。就梅德韦的前景来说，虽然荷兰人已经成了它的主人，让我告诉你，当我看到它就让我想起我对它的特别关注，通过我的职业，因为失误而备受责备，正如当他幻想面对米开朗琪罗的地狱与我相比要更加不平静。同样，这应该成为我沉默不语的借口，虽然你在设计和草图上表现得很精通，可这不是愤怒而是求爱，至今还催我去赞扬它们。衷心祝愿我们的上议院的家具从88年的设计变成 67 年的设计（Evelyn 的设计），这种堕落改革真是适应那个时代的情景，其中，全能的上帝发现他的祝福更具有可操作性，我想，他对待我们有他自己的判断。"

这是一封令作家备感荣耀的信，其中的含义，带有雄辩。这就是他把自己献给他同时代的原因：他选择了说出这样的想法，以这样的语言，把自己视为爱国的公仆。我们可以参照《日记》里他署名的相同日期，也就是两个世纪后，从他的后裔那里找到答案。这封信里有这样的记录，指责"下议院的疯狂"和"上议院的基础程序，也就是这个时代的我们所有公共程序的缩影"。然后，没有丝毫的过渡，这就是我们的日记作者的叙述："到了东街，到了我的书店，买了一本休闲的法语书《女校》，我已经买了平装本以避免买更好的版本，因为我下定决心，我一读完它，就烧掉它，它不应该被列在书目表中，如果在其中，会侮辱我的书目，如果发现它的话。"即使在我们这个时代，当责任如此清晰地阐释之后，写信的人会出名，但是写信的人还会怎样，我不说谁会买这样的无赖的书，但是谁会羞于那样做，虽然做到了，但是谁又能在他的日常日志中记录该行为和羞辱呢？

当我们向我们的同伴演说时，必须有所表达，在某一时刻，我们通过一些特定的侧面阐释我们的性格和行为。我们与一个人在一起时很高兴，与另一个人在一起时很痛苦，正如我们有时有益于自然，有时又向它索取一样。佩皮斯给伊夫林的信与另一封给克尼普太太的信几乎没有共同点，给克尼普太太的信他签了笔名达普·迪奇，然而每封信都符合通信者的性格。说实在的，对于男人来说，他真是一个千变万化的动物，随着他的同伴和周围环境的变化迅速地改变，而这些变化是他对这个世界的教育的较好的一部分的展示。为了摆出一劳永逸的姿态，快活地度过生活，他会做些匪夷所思的事，在别人看来自己就像个傻瓜。对伊夫林和克尼普我们理解了其两面性，但是，在《日记》里他伪装成了谁？伪装的本质又是什么呢？他压制住不提及这本书了吗，或者买下它了吗？并以此为荣，高兴地记录下了他的得意的行为了吗？在某种情况下，我们应该能完全理解他。但是，没有。他尽量采取所有预防措施来隐瞒购买书的"耻辱感"，迅速用钢笔和墨水记录下整个事件。它是一种异常的人类行为，我们可以与《日记》的另一部分进行比较。

佩皮斯夫人写了一封仅仅对她丈夫有太多抱怨的信，用了很常见的也是很刁钻的英语。佩皮斯，极度痛苦地粗鲁地抓住并摧毁了这些搬弄是非的文件，以防这个世界看到它，然后——你无法相信你的眼睛——用不能宽恕的真实及最残酷的细节描写继续了整个故事。看来他似乎没有设计，只是为了表现出自己的品行端正，在这里，他自己写了本书来证明他确实没有进行设计。你最初会或多或少想到变幻莫测的病态宗教日记者，但是经过片刻的思考后，这种相似性就没有了。佩皮斯的设计根本不是为了陶冶自己，它也没有表现出他的悔改，他只是记录了他的一些小罪过。因为他告诉我们，当他悔改时，对他是公正的，然后他也经常会做一些改进。再次，宗教日记者的罪过有一个非常正规的形式模式，并以非常精心的诉怨方式讲述出来。但在佩皮斯的著作里，你会遇到大量的小罪过。在他眼里，他自己对此毫无意识。

对于他的年龄来说，佩皮斯只是一个年轻人，在这个世界上，慢慢地了解自己，像一束很晚才播种下了种子的野燕麦，很晚才有自己的事业，并一直到将近四十还保存着轻率的男孩气质。所以，来正确地理解其在《日记》中所写的精神吧，我们都会记得我们大多数人在十二岁之前经历的种种情愫。在我们的幼年，我们仍保留着我们长期存在的令人惊喜的新鲜感，所经历的事件完全来自于它们的后果，我们对自己过去的冒险有种无法形容的感动，并满怀热情地期待着我们未来的个性发展。我认为，正是这样的一些感受，紧紧抓住了佩皮斯。尽管在理论上没有太多的感情色彩，但是他对于自己却充满着甜蜜的感伤。他自己的过去紧紧扣住他的心弦，长久不衰。他喜欢联想。他不能越过伊斯灵顿，他的父亲过去曾经带他在那里吃喝玩乐。他认为在埃普瑟姆待上一晚会带来好运，以便重新开始他以往的散步，"在那里，希利太太和我过去经常一起散步和交谈，和她在一起，我最初特别喜欢和高兴，能有一个女人做陪伴，交谈，牵着她的手，她真是一个漂亮的女人。"他开始惦念着保证号船，保证号船位于伍尔维奇附近水下。他间歇地喊道，"可怜的船，在荷兰任船长的时间里，我曾经享受快乐于其中"；之后重温内斯比号船，现在变成了查尔斯号船，他承认："对我自己来说，我非常高兴地看到我所在的船开始交了好运。"他将体内的结石保存在一个匣子内，并带到特纳家。对于特纳家，他由衷地感谢他们多年以来的支持。之后他开始把自己安排到更远的地区，可他继续在年末的时候于特纳家享用晚餐以做纪念。不是黑兹利特也不是卢梭对他们的过去会有更加浪漫的热情，虽然，有时他们可能更加浪漫。如果佩皮斯与他们一起分享这种幼稚的喜爱，卢梭也不会给世人留下他的《忏悔录》，或者黑兹利特也不会写下《直言集》。书里面充满着爱人的细节，与佩皮斯孜孜不倦地分享着他的自我主义。

但是，为了完全理解佩皮斯，我们必须再次回顾其童年。我记得我写过几页而不是一本书，那时我的时间和地点——如果有的话，例如，在我的病床上，或坐在花园的某个地方；这些随笔都是写给未来的自己的。如果将来我有机会再看到这些记录的时候，我认为我会很欣喜地通过中间阶段认识我自己。事实上，我现在遇见它们了，它们没有偏离主题——它们表明我在生活上相当失败，显得我比塞缪尔·佩皮斯老了很多。因此，在《日记》里，我们可以找到不止一个这样的有关完美的幼稚的自我主义的记录。当他解释他的蜡烛亮了起来，"这使我如此销魂地进行写作"；或者以这个令人难以置信的特殊性来进行写作，"对于我的学习，我只写了今天这篇文章，所以我会再次补充"；或是其他更多的情况："我待到直至更夫回来，带着他的钟灵在我的窗下，而我正在写下这行，就哭了起来。""又过了一个钟头，一个湿冷的、严寒的、多风的清晨。"这样的段落是不会被读者误解的。因此大家对塞缪尔·佩皮斯的欢迎是确定的。他渴望得到读者的那些爱，尽管不认识的绅士们能敏锐地意识到他的先辈为什么把一篇文章写得如此肮脏。想象一下（让我们幻想，叹了口气）更夫的音调，较早的，多风的清晨的凄冷，以及他自己此刻浪漫的自我寥寥数语的篆刻。这个男人，你会感觉到，是在写回忆——一种跳跃的快感，安慰了许多痛苦的人，然后使另一些人变成了感伤的浪子：整本书，如果你会以这样的方式对待的话，就被视为佩皮斯自我诉说的艺术品了。

在这里，我们抓住了他关键的态度，通过他的《日记》里保存下来的态度，那种毫不畏惧的态度——我不禁要说，真诚，使得它成为人类书籍中的一个传奇。他经常突然间变得羞愧，经常自我改革，经常发出誓言然后又改变誓言。但是无论他做的事情是善还是恶，他仍然是无与伦比的自我，仍然是那个他自己愿意写的迷人的自我，仍然确信自己要深情放纵。当作品中一部分需要更改的时候，作家开始重读他所写的需要更改的那部分。无论他做了什么、说了什么、想了什么，或者遭遇了什么，这都是佩皮斯的一种品质，他的职业生涯的一种品格。对他自己来说，他比摩西或比亚历山大更有趣，所以这一切都应该被忠实地记录下来。我已经称他的《日记》为一件艺术品。现在，当艺术家从中发现了什么，或话语或行为，这恰恰是戏剧或小说中一个最喜欢的角色的恰当行为，他对此的描写既不抑制也不削弱，尽管对此评论显得很愚蠢。哈姆雷特的犹豫，奥赛罗的轻信，包法利夫人的卑鄙，或斯威夫勒先生的不法行为，都招致他们的作者们的失望或不信任。佩皮斯和他敬爱的主角们也一样：崇拜但不盲目，拥有犀利的洞察力和持久的人类的宽容。我已经一遍又一遍阅读《日记》里的经典部分，那些地方，最令人可疑的推敲部分，他似乎没有完全坦诚的地方，是那么少见，那么美妙，以至于我都不想说出它们。可以说，我们大家在日记里都写出了我们脑海里的各种角色，但是各有区别。当我们有意识地记录我们日常的幸运和行为时，我们经常编织浪漫的赞美和无聊的借口。如果佩皮斯是他自己所称的蠢驴和懦夫的话，我们肯定比他更愚蠢和更懦弱。关于某人自己的秃头真相，我们都太胆小而不敢承认，我们本不该不直视真理，而他却清楚地看到，并把它毫无保留地记录下来。

《日记》以它开始的单一的精神一直持续下去是不可能的。佩皮斯不是那样的傻瓜，但是他一定认为，随着他工作的继续，他正在创造出作品的不同寻常的本质。他是一个伟大的读者，他知道其他的书籍是什么样。至少，在他的头脑里，他知道终有一些人会破译他的手稿，以及他自己和他所有的痛苦和快乐在以后的某些日子里昭然于世。这种想法尽管令人沮丧，但也温暖着他的心房。他并不傻，再说，他一定知道这些致命的炸药，就像囤积在他的抽屉里的硝化棉。用一些同时代的人物来评价日志的话，佩皮斯是永远生活在社会耻辱和政治耻辱中的。我们可以通过以下两个事实来追踪他的内心恐惧的增加。在1660年，《日记》仍处于青春期时，作为必然发生的事，他向海军中尉讲述了它。但在1669年，当时《日记》已经接近尾声的时候，他却三缄其口，如传言所说，因为他已经把他的秘密透漏给了一个严肃和友好的人——威廉考文爵士。而从另外两个事实，我想我们可以推断，他是愿意这么做的，即使他没有默许向公众宣传的想法。第一点是相当重要的：《日记》没有被破坏。第二，他采取了不寻常的预防措施，在"不道德的"段落用了令人混淆的密码来证明。毫无疑问，除了他自己，他也想着一些其他的读者。或许，当他的朋友们在他临死前欣赏"他的伟大的行为"时，他可能有过永垂不朽的希望。当他在《日记》的页码里用心与每一个骗子和怪癖周旋的时候，他会觉得他留下的实际上是他自己的事。也许没有其他例子来证明这个人如此渴望出名及给人留下持久的名声。他的一生是伟大的，然而，他也渴望表达自己的渺小，当他同时代的人在他面前鞠躬的时候，他告诉后人这样一个消息，他的假发里曾经住着虱子。但是他的思想，我毫不怀疑他曾经拥有这样的思想，既不是最初的也不是最深的，他没有玷污他写的每个词语。《日记》，只要他继续它，就像他开始的那样，对他自己是一种隐秘的快乐。这是他内心的秘密，它增加了他寻求所有快乐的热情，他经历着并为此而活着，还很可能会写下这些庄严的词语。"所以我自己奔往那条道路，就像我看着自己进入坟墓一样，为此，伴随我瞎眼的所有的不适，上帝都为我准备好了。"

一个自由的天才

佩皮斯在学医时候的某个冬天里的一个星期天，写了"一首歌来赞扬所有学习和快乐方面的一个自由的天才（比如说我认为自己就是）"。这首歌是不成功的，但是《日记》，在某种意义上，就是他寻求的那首歌。海尔斯画了他的肖像，并以迈纳斯·布莱特的版本进行了大量的复制，就是对《日记》的肯定。海尔斯如果在世的话，就会知道他的生意多么火爆。虽然他给他的模特带来了许多麻烦，几乎拗断了他的脖子，并用印度长袍包裹了他。就是为了表达这种效果，海尔斯全神贯注，不只是为了风景画的效果，而是想画出佩皮斯这个人的本质。无论我们是用《日记》来阅读图片还是用图片理解《日记》，我们至少同意海尔斯是那些能够"看到面部惊喜表情"的人中的一个。这里，我们有张着小嘴、垂涎欲滴的样子；目光贪婪、眼睛隆起，好像刚刚哭泣过的样子；以及最鲜活的、迷人的面容。脸通过表情而富有吸引力。我用了"贪婪"这个词，但是读者不能认为他可以用近义词"饥饿"来替换它。因为这里没有愿望，也无法等待更好的东西，仅仅是出于动物的快乐本能。它不可能是一个艺术家的面孔，它是一个普通人的面孔——和蔼、高兴和愉悦，通过转移欲望而防止过剩又保持满意。对于单个的愿望可以更正确地称为欲望，但是里面有健康的因素，如果一个人能够平衡和控制另一个欲望的话。

整个世界，城镇或乡村，对佩皮斯来说就是一个阿尔米达的花园。无论他到哪里，他的脚步都伴随着最热切的期望；无论他做什么，都是以最热闹的快感完成。对世界上的所有东西和所有知识的奥妙的永不满足的好奇心让他对旅游充满了无限向往，并支持他孜孜不倦地进行学习。罗马是他一生的梦想，当他阅读或者谈到这座永恒之城时，他无比快乐。在荷兰时，他像孩子一样看待所有新奇的事物，会见一些朋友，并与他们在海牙附近的一座宫殿里唱歌。他无法用纸笔来表达自己的喜悦之情，"更何况，因为在一个快乐的天堂，在一个陌生的国家"。他一定要去看看所有著名的执行死刑的地方，他必须要采访一个谋杀犯，去看"一个大伤口"的损毁面，他说，"这才能使得我的手在写它的时候颤抖"。他学会了跳舞，并"希望做一个舞蹈家"。他学会了唱歌，并在格雷原野酒吧"自我哼着曲调（也就是我现在不断练习的）"。他学会了演奏琵琶、笛子、竖笛和大低音提琴，他学会了作曲，并提出"世界上还没有创造音乐的方案和理论"。当他听到"一个家伙吹口哨像小鸟一样超过一切"的时候，他答应改天回去，以艺术的形式给天使上上一课。有一次，他写道："我带着比恩回去，那晚顶着大风和潮汐到达了霍普，当海员歌唱深海时，我很高兴地学习了他们歌唱的方式。"

如果他发现自己在拉丁语语法上生疏的话，他必须像个小学生一样努力去学习它。他是哈灵顿的俱乐部的一员，直至其解散，也一直是英国皇家学会成立之前的成员。他在巴恩斯埃尔姆斯散步时，博伊尔的《流体静力学》带给他"无限的喜悦"。我们发现他对比圣经词汇索引，是个讲道的挑剔法官，他深刻理解笛卡尔和亚里士多德的作品意义。我们发现他在整整一年中，研究木材及其测量、焦油和油、大麻，以及制备绳索的过程；他还学习了数学和会计；从模型研究船体和船索具，并且"期待与提高（海军知识）储备自己"。他令人熟悉的喜悦精神与雪莱是一样的，这对他整个一生来说是多么真实啊！他只是复制了些东西，看啊，他"极其快乐地遣词造句，用红笔写下大写的单词"。他只是清空和整理他的酒窖，看啊，"这确实让他超级高兴"。猪的肋条是"他最喜欢的肉"。他不会坐我的圣三明治马车回家，但是他一定惊呼，气喘吁吁却津津有味，"他的高贵，富有的马车"。当他去赴晚餐聚会时，他期望"快乐到极致"。当他有一块新的手表时，他说，"看到我的童心"，"我无法忍受把它戴在手上，千百次地看它是什么表"。为了进入沃克斯豪尔，他说，"听到夜莺和其他鸟类在叫，听到小提琴、并有竖琴和一个犹太人的鼓声。这里充满了笑声，这里有一些善良的人在散步，我看到了娱乐的力量"。夜莺，我认为它对他尤其珍贵。并且当他在伍尔维奇散步时，当雾升起的时候，四月的阳光穿过的时候，他会再次"非常高兴"地停下来去听夜莺的歌唱。

他总是做一些愉快的事情，并按照喜好，同时做两件惬意的事情。在他的房子里，有一箱木匠的工具、两只狗、一只老鹰、一只金丝雀和一只唱着曲调的画眉鸟，以免即使在这样丰富的生活里，他也可能遇到空虚的时候。在他不得不等待荷包蛋被端上桌时，他一定会以吹竖笛的方式来打发时间；如果一个人讲道是沉闷的，他一定会阅读托比的书或者向最近的女人示爱来转移注意力。当他散步时，那一定有一本书在他的口袋里，来伴随他这一路，以防夜莺变得沉默。即使沿着伦敦街头走，有这么多漂亮的面孔可以窥探和那么多的政要需要敬礼，他的一路上也不乏"葡萄酒、图片等"，他不能容忍生活中任何无聊的时间。他如此地热爱交谈，如果他认为自己穿着不合时宜的话，他就不能享受谈话也不能高兴地进行交谈。他如此地热爱美食，他知道"怎么样才能吃得不孤单"。他一定要更快乐地生活，而眼睛和耳朵必须总能得到快感从而使他得到满足。他没有热情去吃一顿丰盛的晚餐，如果是在"一个糟糕的街道里及在假发制造商的房子里"去吃，并且冷漠的音乐也会干扰他的兴致。他的身体是不知疲倦的，他以自耕农的方式毫不停歇地追逐着快乐。1662 年 4 月 11 日的日记里他提到，他上了床，"疲惫地，我很少感到这样"这时的他已经超过三十岁了，而之前遇到同样的问题时，他会坐起来乐呵呵地整夜去看一颗彗星。但是如果让追求快乐的人感到疲惫的话，就不再是快乐了，因为在那个事业中，以及其他的事业中，失败会让人失去快乐。完全享乐的人，无法耐心地等待没有快乐的时间，不会用一夜去思索微不足道的问题，比如他是否安对了小提琴的琴弦或者在他妻子的服装是否合体的问题上而"争论不休"。我们发现后来，当他饿了，他就会暴躁；在争论后，他的思绪总是"有力地追问"，但没有什么能够把他从他的人生目标上转移开，他小心地治愈自己就像他富足中的喜悦一样。他就是高兴，仅仅是为了愉快而已，他努力驱除忧愁，无论是对他的妻子或为了躲避法警，他会去剧院寻求庇护。如果剧院的人较多，里面有一些贵族，如果歌曲是和谐的，演员是完美的，戏剧是令人快乐的，这个秘密《日记》的老主人公，这个个人的自我崇拜者会迅速治愈他的痛苦。

不仅手表、马车、一块肉、小提琴的曲子，或流体静力学能给佩皮斯带来快乐，而且美貌、价值、欢笑，或仅仅是同伴生活的快乐态度都能让他感到同等的高兴。他把自己展示成为标准的人道主义者。事实上，他热爱自己，不是以空闲的虚荣心，而是因为他拥有丰富的知识，并源于他对邻居的热爱。也许从这个意义来说，最正确的慈善应该是从家庭开始。不管一个人拥有什么样的品质，佩皮斯可以因为这点就欣赏和喜欢他。他眼睛里充满了卡斯尔梅恩夫人的美丽，事实上，他可能会被认为，多年来一直溺爱着她。如果一个女人是美丽的，他会走几英里去看她。甚至当一个女人不小心吐痰到他的衣服上，当他观察到她很漂亮时，他会立刻去安慰她。在另一方面，他很高兴看到佩特夫人双膝跪下，谈及他的詹姆士阿姨，"一个贫穷的、信仰宗教的、善意的、灵魂善良的、只谈论全能的上帝的人，就是那种纯真使我感到高兴"。他喜爱纸笔的欢乐和适度欢快的歌曲。他是一个快乐的喝醉的水手。当他骑马经过埃塞克斯的道路时，饶有兴趣和耐心地倾听起了贵格会的精神审判和定罪的故事。他特别愿意听有关国王和皇室公爵的话题。当一个衣衫褴褛的男孩敲响他家门的时候，他仔细回顾了他的生意，以及研究了贫困儿童的生活方式。这几乎是半路上开始了慈善事业。曾经它只是一种时尚，就像它现在这样，佩皮斯曾经或许是因为善行而出名的一个人。正是通过他这种不断提升的品质，有时，优于他令人惊讶的利己主义。他对其他人的事业的兴趣，事实上，确实是非个人的。

至少这一次让我们详尽地听听他说了什么："原来女人和伐木工及我在唐斯散步的地方，就是一群羊待的地方，这是在我有生以来看到的最令人高兴和无邪的场景。我们发现了一个牧羊人和他的儿子在读书，他们远离任何房子或人们的视野，对他们来说只有《圣经》。所以我让男孩念给我听，他用孩子们通常读书的努力语气去读，那种感觉是相当美好的。我给了他一点儿东西，然后走向他父亲，并与他交谈。他很满意因为我让他的孩子进行阅读，并愿上帝保佑自己的孩子。这个牧羊人像是我曾见过的一个老族长，并且给头脑带来了两三天后对这个世界的老人的一些想法。我们注意到了他的两种颜色混合的羊毛针织长袜，以及他带有铁掌的鞋子，无论是在脚趾还是脚跟的地方，都显得相当有力量。我问他'为什么穿这种鞋子'这个可怜的人说：'你看，山下到处都是石头，我们因此要用鞋来保护我们自己'他接着说：'当石头飞到我面前时，我可以将它踢走。'我给了这个可怜人一些东西，他因此而非常感激。他很重视他的狗，他可以让狗去以他喜欢的方式来驱赶一只羊，当他想让羊群转弯的时候。他告诉我，他有大约 18 群羊，每群有 20 只，而他以一个星期 4 先令的食物饲养这些羊。而特纳夫人，在这片常见的原野里，是我一生中所见的拥有最美丽的鼻子的人之一。"

所以这样的故事在这一天就愉悦地结束了。成杯的牛奶、萤火虫，以及与他们的妻子和孩子一起在日落时散步的人们，这就是佩皮斯一直梦想的"这个世界的美好旧时代"，以及人类最初的天真无邪的情景。这就是他的生活，他眼观六路耳听八方。你也会观察到，他的手从来不是合拢的。他就是这样观察生活的。在他对他的同胞进行演讲时，他会让话语富有散文般详细的真实感，而又不乏挥之不去的魅力和浪漫感。

　　两三天后，他在他的日记上拓展了他的段落，风格也因此有了一些改变。人们一般认为，作为一个作家，佩皮斯一定将重要的内容放在文末。但是他的风格是相当活泼的，他讲述和描写了每天的经历，其中涉及生活的所有方面，但很少是令人厌烦的，它描写细致，却去除了所有特别直率的当前的叙事模式——这样的风格可能是不合语法的，也可能是不雅的，甚至可能是错误的组织结构，但它永远不可能是一无是处的。作家最初的和最真实的意图都被完全展现了出来，虽然他说话的方式可能是孩子般的笨拙，事实被扭曲了并被他虚伪的兴趣和喜悦所同化了。这个人的热情经过这些年毕竟都被说出来了。对于佩皮斯和雪莱的区别，首先他们俩在异想天开上有一半的相似，其次他们是质的不同而不是量的差异。在他的领域，佩皮斯感觉敏锐，他的作品是诗歌性的真实散文——因为这个人的精神是狭隘的和世俗的，但是诗歌因为他而充满活力。因此，在这样一个关于埃普瑟姆的牧羊人的段落里，对读者心灵的影响是整个信念所带来的。所以，你会觉得，那些活力是自然流露出来的，而不是以其他方式出现的。你可能会随着莎士比亚地位的崇高而改变，会因拜伦的平凡的感动而改变，或者因你自己最喜欢的回忆而改变，但是你不会轻易改变它。

　　从来没有一个不懂艺术的人会成为艺术家。佩皮斯的个性来自于家庭，当他在海军花园、在他清秀的房子里为了我们的享受给我们写日志的时候，他有至少两个表兄妹在四处游荡，拿着乐器，给乡村里的女孩子们演奏音乐。但他自己，虽然他可以演奏这么多乐器并涉足许多艺术领域，却仍然坚持做个业余爱好者。没有比较强的理解力，是不能让一个人如此心悦诚服地理解佩皮斯的作品的。他不喜欢作为一个舞台艺术家的莎士比亚，这可能是一个错误，但他也不是没有与莎士比亚相媲美的地方。作为一个诗人，他当然也爱慕他，在无数的演员大军中他是第一个用心记住"生存还是毁灭"这句诗的人。他写作的内容无关于此，这些困扰着他的头脑，他在日记对此句诗做了引用，并引入了天使也不敢涉足的地方，还将它编入音乐中。确实是没有什么能比他的诗的英雄品质更引人注目，将我们这些戴假发的小小感觉主义者与他一样有致命性格的人融为一体。当他坐着调整他的庄严的琉特琴的时候，一定是伊丽莎白时代的一些勇敢之风温暖了他的精神。

"生存还是毁灭。"尽管"它更高雅"——美貌会逝去，虽然我们备感遗憾——"这是注定的，而不应该仅仅是你的命运，哦，罗马"；"多么开放和有尊严的声音，各种各样的情绪，也不是不恰当，当然肯定也不是胆怯的，这种精神决定了这一系列的主题。业余爱好者通常不能上升到艺术家这个地位，这个世界的一些潜移默化的东西仍然影响着他。"对于教他写作的人，我们发现佩皮斯的行为就像一个马屁精的行为。就舞台来说，他是如此热烈地喜爱和了解它，他不仅更加酣畅淋漓地表演，而且对别人也很慷慨。因此，他遇到上校里姆斯，"一个人"，他说："理解和热爱戏剧，正如我一样，我也因此爱他。"他又说，当他和他的妻子看到了一个最可笑的平淡的部分的时候，"我们很高兴，"他写道："贝特并没有参与其中。"我们应牢记的是，不仅在艺术，而且在道德上，佩皮斯承认他的长辈的功劳。在整个人类善良的高大自我面前，他没有一点点嫉妒的成分。

名　望

当作家谩骂名望一词时，就贬低了这个词的词意，有名望的演员通常被怀疑是好酒者，他们的表演被认为来自于喜剧《猫头鹰巢》。他们有更多的想法，然而，在他们眼里，这比每年老英格兰举办的花费上百万的晚餐聚会更无聊。佩皮斯做任何事情，都是因为其他人在做，而不是因为这件事本身很好。佩皮斯个性善良又诚实，他会顺从道德控制和自我约束，这在很大程度上会使他很快走向堕落。我们面对牧师的优势地位而向他展现出笑容，但是我宁愿跟随一个牧师而不是他们所称的社会领导者。没有一种生活会比这更好，因为佩皮斯已经很好地说明了这个可敬的生活理论的危险。当习惯仍然能适应目前生活的时候，如此气势磅礴的改革为查理二世带来了什么回报呢？另一方面，英国的整个舰队在到处航行走动，而少数一些人仍然用星星和他们自己的私人指南针驾驶着这艘小船。佩皮斯，一定和大部分人一样"大声地赞许"这少部分人的行为。

尊敬不是受鼓掌的需要和赞许的需要而产生的。越是比别人弱小、驯服，越需要这种支持。任何积极的性格都会减轻他的痛苦，也会减轻他的依赖。在一些方面，佩皮斯是相当强大的，他足以取悦他自己，而不用考虑他人，但他积极的性格没有他的行为领域那么广阔。在他所追求的生活的许多方面，他心悦诚服地追寻了当代格兰迪夫人的足迹；在道德方面，尤其是他靠别人的赞许来生活，他对别人比对自己更加敏感，如果别人对他的行为表示了不满，他首先会感到后悔。你可以和这样的男人谈谈宗教或道德。佩皮斯凭借自己艺术家的特性，及充满活力的同情和理解，可以完全抓住你所谈论的重要的东西。宗教里的所有的事情，在他看来也是另一些世俗的东西，都在他的写作领域内了，但是，使生活充满力量的一个原则，无论是正确、良好地记录了下来，还是被有恶意地记录下来，对佩皮斯来说都是愚昧和绊脚石。他是多么依赖朋友，没有谁比他对那个时代那些有趣的人的态度更积极。我刚才提到他是如何与在路上偶遇的一个人交谈的，当他看到一些人，他们因集会被逮捕，"我的上帝"，他说："他们要么遵守法律，要么就做得更聪明，这才不会被逮住。"对于他自己办公室里的一个贵格会会员，他给予了有效的保护，虽然也是胆怯的。同时，他的邻居威廉·本的那个美好的品质也因他而更善良了。可佩皮斯仍谴责本是个纨绔子弟。很奇怪，当你看到本的画像时，会很自然地觉得，佩皮斯是嫉妒本与他的妻子。但这个故事的精华是当本出版自己的著作《桑迪基金动摇》时，佩皮斯让他的妻子大声朗读这部作品。"我发现这部书"，他说："写得如此好，我觉得，实在是比他以往任何时候写得都好。不过这是一本严肃的书，不适合所有人阅读。"对于佩皮斯来讲，没有什么比与宗教狂热联系在一起的东西更让人烦恼的了。佩皮斯有他自己的基金会，足够丰富的基金会，但是从实践来考虑，基金会是弥足珍贵的，他会用真实的又不安的精神来阅读本的这本书。如果设想有冲击的话，受到一些令人讨厌的事故的冲击，这个本就对他产生了影响。本有一种不同的信仰教义，他判断这种教义对自己和他人都是有利的。"我们教会中一位好的布道者吉福德先生，关于'你们首先所要追求的天国'进行了一次非常优秀的和有说服力的道德的说教。他的表现，好比一个有智慧的人，那种正气是更可靠的道德方式而不是有罪的或邪恶的。"因此，值得尊敬的人们渴望用自己的真心来向他们诉说、讲述，以一种温和的口气，你们是如何做到两全其美的。一个道德英雄没有勇气、不善良或者常令人烦恼，但他也是英雄。因此福音书，没有东方的隐喻，成了一本审视世俗的手册，对于佩皮斯和成功的商人来说，也是这样一本手册。

佩皮斯是深受人们尊敬的。除了《日记》外，他对其他事情的真相一无所知。他不关心一件事情将会是什么样子，如果它不表现出来的话，比如说他继承了一座很好的庄园，前提是他打一桩官司而看起来什么也没得到时。从良心上来说，他是自负的。而我说，从良心上来说，他是比较理性的。他从来没有像本一样被认为是纨绮子弟，但是却举止优雅，这符合他的身份和地位。长久以来，他一直犹豫要不要继续戴着他那顶著名的假发，因为对于一个公众人物来说，他应该严肃而时尚地参加活动，在人前不能浮华不羁，在人后也不能下流邋遢，这是他那个时代的总体流行趋势。他甚至不敢乘坐马车出行，这在他所处的环境里，本来是不合适的，但是随着他财富的增长，这种不适当性就转移到其他方面了，因此他会很"惭愧地被人看见乘马车出行"。佩皮斯谈论自己要么是"一个贵格会会员"，要么是个"忧郁的人"，就我而言，我真想象不出还有什么比这件事更悲伤了。就他所关心的那些问题，并没有那么愚蠢。但是社会的尊敬和职责一直萦绕着这些可怜的信徒们，并给他们带来负担，最初看起来的享乐之路，对于其他人来说，证明是困难和棘手的。这个时代对于佩皮斯及所有可敬的人来说，都是这样，他不能仅仅享受快乐，还要限制他的各种不道德的行为，来迎合这个时代的公众口味。一些官员通过欺骗来逃避纳税，而佩皮斯，带有崇高的冲动，越来越为这个不诚实的行为感到惭愧，决定自己扣减一千英镑。但是他发现没有人以他为榜样，"我们这些有能力的商人中没有一个人"喜欢干净的手，于是他判断它为"不体面的"。他担心这会"被认为是虚浮的荣耀"，还不如小偷一样看起来单纯和愉悦。作为一个成功的商人，佩皮斯敢于做出一个诚实的行动。如果他发现了一个勇敢的精神，被社会认可是正确的，他就会成为其信徒。特纳夫人，这是事实，可以让他被肮脏的丑闻缠身，并让他动摇他之前对本的所有的感觉。但是，在另一方面，威廉·考文爵士却说好话来表扬佩皮斯做人的另一面。佩皮斯，当他与考文在一起的时候，讲话像古罗马老人一样静谧。他还关心他们的职位或酬金。"感谢上帝，我自己的钱足够了"，他说："我可以用它们买一本好书、一把好的小提琴，我还有一个好妻子。"还有一次，当考文夫妇被一个忘恩负义的人从公共服务部门解雇时，他才发现他们话是对美好旧时代的影射。考文在漂亮的房子里生活到退休，佩皮斯来拜访时说："我可能会阅读塞内卡族的一章作品。"

在此影响下，佩皮斯继续着他的热心和对快乐的纯粹追求。他不会"被收买而变得不公正"，假设国王不是出于坏意给了他礼物。他的新任务是在丹吉尔供应粮食，他对我们说了实话，他要为国王增加一千英镑的粮食量即每年三百英镑的粮食量——这个陈述恰恰达到了这个时代的启蒙运动的程度。但对于他的勤劳和能力来说是怎么表扬都不过分的。佩皮斯这个人会永无休止地追求他的事业，就像追求他在阿尔米达花园里的生活一样。他经常打破誓言，可又经常勇敢地重新立誓，这是相当令人钦佩的。

在考文的影响范围外，我们发现他并没有什么顾忌，每天按规律生活，一天天变老。当他开始写《日记》的时候，他是循规蹈矩的清教徒。几杯酒下肚，他就很开心了，他仍然记得玛丽亚的浓啤酒和他与剑桥大学安斯沃思太太的相识。但青春对于所有人来说都是一个热情似火的季节，当一个男人嗅过四月、五月的气味，他有时很容易跌倒。尽管实践杂乱无章，按佩皮斯的理论来讲，每个人都应追求美好的事物，我们甚至可以说这是应该严格遵守的。在"随从游戏、衣衫褴褛游戏、晚礼服舞会、歌唱及饮酒"的地方，他觉得"惭愧，就离开了"。而当他在教堂里睡觉时，他祈祷上帝宽恕他。但过了一小会儿，我们发现他与一些女士们保持清醒的头脑，以免"相互伤害"，好像不在教堂里睡觉明显是困难的。可是后来，他冷静地度过了这段时期，透过玻璃，他看着所有漂亮的女人。他最喜欢突然地释放："哦，天啊！"这个词第一次出现在我所观察的他的作品的1660年，1661年没出现过，1662年出现两次，在1663年至少出现5次。在此之后，"哦，天啊"可以说是像鲱鱼一样大量地繁殖出现，伴随着随处可见的一个孤独的"该死的"一词一起出现，而"该死的"一词就像浅滩之间的鲸鱼。他和他的妻子，曾经也对婚姻的天真无邪的自由而愤怒，但很快就因取悦我的主人布龙克尔的情妇而变得愉快，按他自己的说法，她甚至不是他最谨慎的情妇。随从游戏、衣衫褴褛游戏、晚礼服舞会、歌唱及饮酒的地方成为他习惯去的地方，在他的世界里充满了男女演员、醉酒的人和咆哮侍臣，直至这个男人开始痴迷于神农节的风俗后，几乎是在1668年的国内大冲突里毫无意识地被卷进去了。

他因为多年蹒跚散步与信口开河被惩罚。这个男人，抽了半个世纪的烟斗，在一家火药杂志上发现自己就是这场可怕的灾难的发起者和受害者。对于我们持喜爱态度的佩皮斯和他的小罪过也一样。突然，当他仍能足够敏捷地游走在双面职业危险生涯之间，认为没有什么大的罪过，喃喃自语地哼着他的小曲之时，命运给了他沉重的一击，并使他直面他的行为所产生的后果。

对于一个男人，经过那么多年，仍然爱着他的妻子，虽然她不是他永恒的恋人，而且，他那么注意他的外貌——他的多次出轨行为给他的妻子一个沉重打击。他流下的眼泪，他忍受的屈辱，是无法衡量的。一个粗俗的女人，现在理直气壮地被激怒了，佩皮斯夫人无法释怀她所遭受的痛苦。她非常暴力，用钳子威胁他；她不在乎他的荣誉，逼他侮辱他的情妇，也促使他背叛和抛弃了他的情妇；最糟糕的是，他们无可救药地在语言、思想和行动上出现了相互矛盾的情况，时而让他与她和解，时而又爆发出原有的愤怒。佩皮斯无法和他的妻子和谐相处，他已经厌倦了她的猜忌，即使当他自己不忠时；他曾抱怨她在服装和娱乐方面的浪费，然而在自己身上既挥霍又浪费；他曾用语言虐待她，甚至在他愤怒的时候用拳头打她，他有一次打青了她的眼睛。这些在他那奇怪的《日记》中被认为是最奇特的部分之一，而伤害被认为是过去的事情了，没有必要提及或者提及击打的方式。但是现在，当他在承受错误的时候，没有什么可以超过这个不耐烦的丈夫长期遭受的苦难感情了。虽然他在犯错时还未被发现，他似乎知道悔过会更好一些，可以用让他带妻子去影院，或去兜风，或给她买新衣服，以作为补偿的方式。然而，他似乎对自己已经失去了所有体面的解释，这也许是他的外向性最强的实例。他的妻子可能做令他高兴的事情，虽然他可能会抱怨，可他永远不会责怪她。他没有办法，除了流下的眼泪和屈膝投降。我们也许应该更尊重他，如果他拒绝去，在他妻子的强迫下，给威利特小姐写侮辱性的信。但无论怎样，我相信我们更喜欢本来的他。

随后不久，他妻子去世，这个场景一定在他心中留下了深刻的印象。对于他漫长的一生中剩下的几年，我们没有《日记》来帮助我们理解，并且我们已经看到了他的书信对他的压力和影响，但他的婚姻生活的灾难性的回忆，对他的老年和声誉的自然影响，似乎不可能消除，佩皮斯的英勇时期已经结束了。毫无疑问，最终，他的晚年生活是荣耀的和令人愉悦的，他沉醉于自己的书籍和音乐之中，与艾萨克·牛顿爵士通信者交流，至少德莱顿的诗的导师就是通信者之一。这一时期的生命的秘密回忆，及其生活矛盾和越轨行为，都在《日记》中被虔诚地保存了下来。当他要死的时候，他也似乎没想把它销毁。所以，我们可以想象他自始至终地如实记录了他宝贵的和早期的回忆，仍然念念不忘埃普瑟姆的树林里的希利夫人，仍然用善良来照亮伊斯灵顿的逝者们，如果他再次听到那么恼人的流言蜚语，他仍然会对他和他妻子的爱的回忆感到吃惊。

威廉·埃勒里·钱宁

引入语

威廉·埃勒里·钱宁，新英格兰一神论的首席信徒，1780 年 4 月 7 日出生在罗得岛纽波特，1798 年毕业于哈佛大学，5 年后成为波士顿联邦街教堂的牧师，在那里待了 37 年，死于 1842 年 10 月 2 日。

在 1785 年，钱宁还是个孩子的时候，波士顿的皇家教堂在修订祷文时，废除了三位一体的教义。接下来的 50 年里，这种修订一直在进行，并把新英格兰的公理教会分成三位一体和一神论。1819 年，在巴尔的摩，由钱宁宣扬的布道，也是在贾里德·斯巴克斯的协调布道，一般被认为是一神论信仰的形成，并在他的一生中，钱宁继续担当这个宗派的领导者。

宽容、文明和私人美德等信条，是那个时代典型的一神论的特征，钱宁增加了情感和精神的品质，以及对哲学的兴趣，这使他不

仅成为伟大的一神论的领导人，而且也是先验论者的第一人。"加尔
文主义者，"曾有人说，"相信人性是完全堕落的。"一神论者否认了
这一说法，他们否认的理由是：从人类的积极方面来看，人性本质
上是好的；先验论认为人的本质是神圣的。据此判断，钱宁属于第
三种，因为他对人性的本质充满激情的信仰，这在下面的演讲《论
劳动阶级的高度》里展示得相当明显，正如在他的写作和布道里展
示的那样，人们发现了他精神的特征标记和力量的主要来源。

论劳动阶级的高度

开场白

下面的讲座是为两场机械学的会议准备的，其中的一个会议人
员由学徒组成，另一个会议人员由成年人组成。由于我缺乏勇气，
因此讲座仅仅是提供给前者；但是在准备演讲的时候，我也充分考
虑到了后者的需求。"机械学学徒的图书馆学会"是一个充满希望的
机构，应他们的要求，演讲应该被出版，这样不仅可以提升他们的
智力水平，而且也增加了会员们的自信并促进了他们的道德安全
意识。

当我开始这个任务时，我只想准备一节通常长度的演讲。但我
很快发现，我不能把我的观点仅仅局限在那么小的领域里。因此，
我决心详细地写作，用我的劳动成果通过出版进行交流，如果它们
值得出版的话。带着这个目的，我介绍了一些我没有发表的话题，
以及一些我认为有用、但是没有多少人听过的话题。我做出陈述时，
尽量避免有异议的问题，演讲里的东西并不是都适合那些听讲座

的人，虽然主要是为了一个阶级来写的，但是同样也适用于整个社会。

由于同样的题目在某些演讲中讨论过了，就像《关于自我文化的演讲》去年冬天已经出版了，当然，在这些思想里也有巧合。在一个人的写作里发生这些巧合，是因为一个作家在他的内心处总是有一些特定的伟大原则的灌输，但观点、讨论的模式，以及题目的选择，在这两个演讲中仍然有很大区别。因此，我的心态在当前的演讲中没有完全展现出来。

这也许是最后的机会，使我通过媒体与劳动阶级进行交流。因此，我应该被允许来表达我真诚的祝愿，愿他们幸福，并强烈希望，他们能够得到他们朋友的信任，并会以他们为榜样证明参加劳动进行改善提高的可能性，以展示我们对自然的尊敬。

威廉·埃斯里·钱宁

1840 年 2 月 11 日于波士顿

论劳动阶级的高度：第一讲

很荣幸我能参加当前的演讲课。这样的课程是时代的标志，对那些对他们的同类的进程感兴趣的人来说是很有意思的。我们听到很多关于我们这个时代进步的消息，机械取得的奇迹是每个领域的共同话题。但我承认，对我来说，这次机械工学徒的聚会比所有机械师创造的奇迹更令人鼓舞，因为他们的主要联系纽带是图书馆，他们每周聚在一起通过授课提高和改善自我，授课地点在他们工作生活的附近。在这个会议上，我最渴望看到的，是广大人民群众开始理解自己和自己真正的幸福，他们见证了人类伟大的工作和职业，并认识到他们在社会里的真实位置。本次会议讲述了世界上比蒸汽发动机，或两周前的大西洋的航行更为激进的、更重要的变化。

劳动阶级的成员，在结束了一天的工作后，应该聚集在像这样一个大厅里，听取有关科学、历史、道德的演讲，这会是当天最激动人心的演讲主题。从人类的教育被认为是适合他们的最高职务，是社会革命的一个证明，到不能为教育设置边界，也不能从中期望太多。在这里，我看到了多年来由于科学的堕落对人类生活质量产生影响后，人们对科学的否定。在这里，我看到一个新时代的黎明的到来，在其中，可以理解社会的第一目的是鼓励所有成员和推动所有成员的进步。在这里，我看到了人类精神战胜他们外在的和物质的利益所取得的胜利标志。对知识的追求，以及渴望和雅趣，这个演讲的课程传授给那些劳动的人们，我看到人类的精神不仅仅因为动物生活的劳作和动物放纵的欲望而被轻视。我非常重视这次会议，不是为了自身利益或眼前利益，而是通过各方面的条件推动社会进步的一个标志和保证。由于这个原因，我在这里演讲的时候特别高兴，比我被召唤去给地球上所有的王公贵族展示演讲更高兴。这个时代太令人兴奋了，我们受到太多的利益的挤压，所以我们不能为了自我展示，或仅仅是自我娱乐而在这里浪费时间与口舌。那些不能表达出与人性伟大运动一致或者支持人性伟大运动的人，也可能保持沉默。

有了这些情感和信念，我很自然地，也几乎是必然的，向你阐述这样一个话题，它同样也必须确保受到这些观众的关注：也就是，劳动阶级的社会地位的提升。这个话题，我说过，我将一直继续关注并补充。我也可以说，劳动阶级地位的提升迅速推进城市的进步。我不相信，在地球上，这种革新的精神会远离那些自我谋生的人及我们自己。在这里，能见到这个知识文化联盟，以及感受到努力工作的那份自尊并不稀奇。这里对劳动者卑微的偏见被抛弃了。

那么，这里就是我所提出的主题中应被讨论的地方。我们应该考虑劳动部分的真实提升是由什么组成的，离实践有多远，以及如何帮助它前进。这个问题据我所知，周围人有许多偏见和错误认识。大原则必须被提出来，它们的应用也应该进行简单的说明。即使会遭遇到一些严重的反对，恐惧也应该被解除，不应该有轻率的希望。我不能自称已经掌控了这个主题，不过，我可以指出它的一个好处，因为感觉它很重要，所以我们才进行讨论，这个阶级的人们对它也是有浓厚兴趣的。我相信，这种兴趣不会仅仅通过词语表述出来，或是带有某种自私的目的。政客们会说些迎合的话，是因为他们要人们手中的选票，但是一个既不寻求选票也不接受他们的礼物的人，可能希望作为他们的朋友去倾听他们的声音。作为一个朋友，我会简单明了地说话，我不会恭维，我能看到劳动阶级的缺陷。我认为，迄今为止，他们当中的大部分人没有取得什么进步。他们之间的偏见和激情，他们的感性和自私，是进步的巨大的障碍；广大群众还没觉醒，对他们到底是为了什么而奋斗还存在误解。我的希望让我对现存的东西没有迷茫，对于广大群众的这种很明显的缺陷性的认识，我不能因为顾虑他们的虚荣心，就不说出详情。不仅仅他们本身存有缺陷，看看我们待的地方，我们所有的阶级都有缺陷。无论谁，要想变得更好，都应该讲出真实的情况，要言行一致，清楚地知道自己易犯的错误和弱点。

就我对劳动阶级地位提升的观点来说，我经常提到前瞻性，但并不是说要立刻预期到变化并进行改进。就这点来说，我不是一个梦想家，我不期望在短时间内再造一个世界。但我担心，即便我做出这样的解释也不会保护我让我远离批判。有些人，在面对历史的时候，面对人类当前条件下的巨大变化的时候，面对这个社会的新原理的时候，认为未来是过去的一个版本，而且是一个褪了色的不明亮的版本。我与此意见相左，如果相同的话，我也不会站在这里。

如果我不奢望人性比我看到的要好，我就不会对当前的努力抱有希望，只会任由情况发展。我看到未来有一个更好的发展迹象，特别是这种迹象表明有这样一个广大的阶级，通过他们的努力，使我们更有尊严地活着。而这个信念是我来进行此次演讲的唯一动机。

社会劳动阶级地位的提升——这是我们的主题。首先，我应该考虑它是由什么组成的。然后我会考虑一些反对其实践性的观点，就这点来说，这是值得讨论的部分。结束这个主题时，我要给出我的信念的理论基础，以及我们同胞中绝大多数人的美好希望。

怎么理解什么是劳动阶级地位的提升呢？这是我们的第一个话题。为了避免误解，我先开始说明对它的误解及它不包含什么——然后，我想说，不通过劳动者地位的提升，劳动者会上升到无须劳动的地位。我不指望通过一系列的改进，就把劳动者从他的日常工作中释放出来。还有，我不渴望把劳动者从他的车间和农场里解放出来，让铁锹和斧头离开他的手，让他放一个很长的假期。我信仰劳动，我看到神的恩赐，它把我们放到这样一个世界里，仅仅劳动本身就可以让我们生生不息。就算我可以，我也不会改变我们遵循的物理定律，以及我们所面临的饥饿和寒冷、与物质世界不断发生冲突的必要性；就算我可以，我也不会因为一些影响我们美好情感的东西而发脾气。单调的生活与人们预期的生活一样生机勃勃，物质世界很容易影响我们自身的力量和技能。这样的世界造就了一个可鄙的比赛。人们把自己能量的成长归因于奋斗的意志，以此来抗击困难，我们称之为努力。简单、愉快的工作并不会造就坚强的意志，不会让人们意识到他们的权力，不能培养他们的耐力、持之以恒的毅力，以及意志的稳定力量。没有这种力量，所有收获都是无济于事的。体力劳动是一所学校，在这里，人获得了力量和品格，比所有其他学校的所有学习都更重要，这给人以禀赋。实际上，他们被置于苛刻的师傅的领导下，体验着身体的极大痛苦和希望，恐惧元素的力量，以及所有人类的世事沧桑。但严厉的老师所做的工作，性格宽容的朋友是做不到的。而且，上帝会保佑那些以严厉的方式让劳动者获得真正智慧的人。我对艰苦的工作获得的成效有极大的信心。物质世界以它的美丽和秩序锻炼了我们心智，但是它确实也给我们的心智带来很多痛苦。这种顽固的阻力，只有通过耐心的劳作才能克服，别无他法。对于它强大的力量，我们只能求助于坚持不懈的技能和努力才能获胜；对于它的危险，需要我们保持持续的警惕性；对于它的发展趋势，只能让其日益落寞。我相信，困难比我们所说的帮助对于人的心智更重要。我们必须要工作，如果我们想呈现和完善我们的本性。即使我们不用我们的手来工作，我们一定会在一些其他的方面经历同等的辛劳。没有任何业务或学习是不存在困难的，我们都需要充分展示智力和意志力，这样才能造就一个人。在自然科学中，不能应付困难的人，不能集中所有注意力的人，不能击败困难的人，都将不能获得精神力量。而这种力量已经遍布了当今世界。稳定的能力加上热情的劳动，我认为，为将来发生的事做出了最好的准备。当我看到人类需要如此繁多的工作，我觉得一定与他们的未来存在重要的联系。而且，精神上有自律的人，一定会在未来的世界里得到进步并获得幸福。这里，你会看到劳动对我来说是多么崇高的一件事。它不仅是一种伟大的工具，通过它地球会变得丰富和美丽，海洋变得温顺，物质世界会变得更舒适。而且它还具有很多功能，它增加了意志力、效率、勇气、耐力，以及坚毅地完成深远计划的能力。唉，对于还要学会工作的人来说，他是一个可怜虫，他不了解他自己，他依赖于他人，对他们给予他的支持无力回报。他无法知道，他已经被享受占据了。在辛劳工作后的放松和休息，才是美妙的。没有辛劳工作的人生是不完美的，会令人生厌，也无法让自己获得增长的力量。

所以，我不渴望从劳碌中释放劳动者，这并不是要提升他的地位。体力劳动非常好。不过，话虽如此，大家必须理解我说的是公平合理的劳动，过度的劳动确实会给身体造成极大的伤害。劳动要使用更先进的工具，否则就会倒退。人有不同的本性，需要各种职业和学科来促进它的发展。研究、冥想、社交、放松应该是和他的身体锻炼结合在一起的。他有智慧、情感、想象力、品味及骨骼和肌肉，当他被迫去做大量的苦差事来寻求自身生存的时候，他非常难受。生活应该是各种情感的交替，如此多元化，才能称为完整的人生。不幸的是，目前我们的文明无法实现这个想法，它往往会增加人工劳作量。在非常时期，它让人如此辛劳，让人的心智难以接受。劳动分工，把文明和野蛮生活进行了区分，我们归因于艺术的完美，它弱化了人的智力能力，把个人的活动局限于一个狭小的范围内，局限于一些细枝末节中，也许是针尖、钉子的尖，或者是绑在一起的断弦。因此，当野蛮被各种职业占据并暴露于各种危险下时，文明人就过着单调的、昏昏沉沉的、没有辛劳的生活。这可不行，绝不能永远这样。

各种体力劳动与脑力劳动相结合，以适合人类发展，这是人类文明最重要的组成部分。它应该是以慈善为目的的。相应地，就像基督教要传播兄弟情谊的精神一样，这将并且必须有一个更平等的劳动的分工和改进的方式。损害健康、缩短寿命、降低智慧和需要的劳动制度必须做出巨大的修改。尽管如此，适当的劳动对我们目前的生活非常有益，它是所有外在环境变得舒适并得以改进的条件，而且，在同一时间，它可以用更好的方式使人们保持活力并使思想得以促进。让我们不要反对它。我们需要这种告诫，是因为在目前，普遍有一种倾向是要逃避劳动——这应该被视为我们这个时代的坏兆头。

城市里挤满了来自乡村的冒险者，自由职业也过多了，他们希望逃避体力劳动的生活。大部分人进入贸易领域，我们不仅忽视了农业的发展，而且更不好的是，社会道德也败坏了，它产生过度的竞争，这必然导致欺诈行为的出现。贸易转向赌博，疯狂的投机精神使公共利益和私人利益暴露出了灾难性的不稳定。那么，它不再是慈善的一部分。事实上，一个明智的慈善会，如果可能的话，会说服所有阶级的人们将劳动与其他工作结合在一起。身体以及心灵需要旺盛的劳作。甚至是书呆子，让他们进行劳动都比他们进行思考更快乐。让我们学会把体力劳动作为一个人真正的自律行为吧。很多最明智的和最伟大的人都在同时参与体力劳动与脑力劳动。

我曾经说过的，劳动者地位的提升，我的意思不是说他们要从劳动里解放出来。我补充一点，这个提升不是通过强迫他们进入我们所称的上层社会而获得的。我希望他们能够上升，但我不希望让他们成为绅士或淑女，接受教条化的训练。我希望他们不是一个外在的、艳丽的改变，而是内在的真实的改变；不是给他们新的头衔或虚伪的等级，而是受人尊重的实质性的改进。我不希望把巴黎裁缝店的衣服给他们穿，或者从一个舞蹈学校请来教师来教他们礼仪。我不希望看到他们在这一天结束时，脱下自己的工作服，穿着华丽的衣服像是装扮成另一个人。我不希望他们应邀去奢侈的盛宴，或者对华丽的装饰品味独特。让广大人民群众吃、穿、住得简单和快乐一些，并没有什么不对的，尤其是在这个国家里，劳动是那么的轻松。在这个国家里，对劳动力的需求也很少中断，企业的缺口超过了前所未有的量，劳动阶级，除了少数例外，都能满意自己的现状。他们当中的大多数人只需要较高的美的品味、好的整洁的秩序和优雅的气息，以及舒适的场所。在这个国家，广大劳动者的身体健壮。他们的食物，丰富有营养、符合劳动者的胃口，与精心制作的奢侈品一样甜美和健康；他们的睡眠是香甜的，比大多数不太劳作的人更容易入睡。我应该很遗憾看到他们变成了时尚的男女。时尚是一个糟糕的职业。它的信条，即懒惰是一种特权，而工作是可耻的，这是其最致命的错误。没有深刻的思想、热烈的感情或顽强的意志力，过着不真实的生活，过度享受物质世界，人为地取代自然，误导社会群众，以嘲弄他人为乐，并耗尽其聪明才智用权宜之计来消磨时间，所以说时尚很容易让人变坏。一个人尊重自己，并领悟了人生的伟大目标之后，是不愿意受其影响的。

我之所以用强硬的语言，是因为我想击败劳动阶级这种常见的性情——用妒忌或者羡慕来看待所谓的上层社会。这种性情以各种形式在他们当中展现出来。因此，当他们经常与上层阶级接触后，他们就会轻易忘记老朋友。如果可能的话，他们就会进入一个更时尚的社会等级。当然，他们会与真正的绅士做朋友，随之改变自己的外在条件。一般情况下，他们会被带入这样的圈子，带着居高临下的态度，并为了提升地位而做任何事。我希望劳动者不要用这种方式使地位提升。我不希望他们挣扎着进入到另一个等级，不希望他们成为另一个阶级的一种有奴性的抄写员，而是希望他们能将目标定得更高，至今尚未在任何人身上实现过，让他们不要把尊严或荣誉和某种特定的生活模式联系起来，或者存在某些外在的联系中。我要让每个人都有自己的一席之地，根据自己个人的努力和价值找到自己的位置，而不是依附于外在的附属物；我会让每个社会成员有这种进步的方式，如果他信任自己，他就不需要用外在的附属物来获得周围人的尊重。

我曾经说过，人民不是通过逃避劳动或分成不同的等级来获得地位提升的。重申一下，我说的人民地位的提升不是指他们应该成为自以为重要的政治家。或者说，作为个人或一个阶级来说，他们就应该抓住政治权力，为了获得他们的选票，他们要战胜更有钱的人。或者说，他们应该向政府的管理者屈膝来获得他们的特殊利益。一个人不靠参与公共事务或进入政府机构办事就可以使地位得到提升。控制自我，而不是他人，这才是真正的荣耀。通过爱去服务，而不用统治，是基督教的伟大之处。从政并不能使某个人获得尊重。地位最低的人，原则上，最不守信用：意见上，最有奴性。在政府机关经常发现这样的人。我很抱歉这样说，但事实应该被说出来。就目前而言，这个国家的政治行为没有激励那些确实关心它的人，它与高尚的道德追求相反。政治，实际上被视为研究和追求真理，视为一种社会美德，视为把伟大的不变的原则应用于公共事务中，是思想和行动的崇高领域。但政治，就其常识来说，或被视为临时转移注意力的发明，玩着精妙的游戏，作为政党获得权力和抢夺办公室的策略，把一批人提升至另一批人上面。劳动阶级有时作为一个阶级来寻求权力，这个被视为他们地位的提升。但是没有哪个阶级，理所应当在我们当中成为统治者。

社会的所有事情都应该在政府那里体现出来，还应受到它的保护。不能期望任何来自成功阶级的个人和国家不想去控制政权。我也绝不是不鼓励人们关心政治，他们应该认真研究国家的利益、制度的原则、公共措施的倾向。但是，令人不快乐的是，他们并不去学习。而且，就算他们这样做了，他们也无法通过政治行为获得地位的提升。大多数时间如果利用得当的话，我们可以塑造一个文明的群体，现在却浪费在报纸和对话上了，这煽动了人们的情绪，肆无忌惮地歪曲了事实，谴责道德的独立性甚至是背叛一个政党，搅动国家采取各种形式来战胜对手。因此民众被贬低为英雄崇拜者或人民的仇敌，他们被雄心所愚弄，或成为一个派系的奴隶。想获得提升，人们就必须用反思来代替激情，没有其他办法。通过这些言论，我不是让劳动阶级对国家充满狂热的爱。所有的阶级都有自己的激情，也都因它而受贬低。火热的精神并不局限于社会的一个部分。男人们，他们的狂言在国会大厅回荡，然后通过流利的演说传遍全国，可劳动者并不为此埋单。政党之间的分歧爆发得尤为激烈，在轿车里，在车间里，这种爆发已经蔓延到无处不在。然而，它并不使我气馁，因为我看到它有所缓解，即使不是完全治愈。我相信这些讲座，以及其他形式的演讲现在正向公众开放，将会通过给心灵提供更好的慰藉，减轻政治令人兴奋的热情。我的讲座给听众带来与日俱增的自我尊重，他们会因为被当作盲目的党羽或者那些没有思想的工具而备感耻辱。人们迟早会发现，政府的重要性被巨大的高估了，它不应该值得这么轰动地关注，人类幸福有许多更有效的获得方式。政治体制越来越少被神化，并收缩在一个狭窄的空间里。目前，政治兴奋的一时疯狂，会成为一种耻辱。

　　之前我已经说过了，劳动阶级地位的提升，它不是条件的外在变化，它不是从劳动里释放出来，它不是为了另一个等级而奋斗，它不是政治权力。我把它理解为更深层次的东西。我知道，一个人地位的提升，那就是灵魂的提升。如果没有这一点，一个人站得多高或者拥有什么就毫无意义了。有了它，他就是高塔，他是神的贵族之一，无论他在社会等级里拥有什么样的地位。对于劳动者来说，只有一个提升，对其他所有人也是。不是对不同等级的人有不同的尊严，而是对所有人都一样。人类的提升来自于锻炼、成长、较高原则的力量，以及灵魂的力量。一只鸟可以借助外力飞向天空，但是就提升来说，这个词的真正意义是展开自己的翅膀，靠着自己的生命力进行翱翔。所以，一个人可以通过外在的事件被向上推到了显眼处，但是他的上升，只有他发挥了自己，并扩大了他最好的能力，以及通过自由的努力向上升到思想和行为更加高尚的地方，这就是我渴望的劳动者的提升。这种提升确实通过他的外在条件的改善而获得帮助，反过来又极大地改善了他外在的条件。因此，与外在所进行的联系是真实的、伟大的。但假设脱离了内在的生长和生活，这就是不值得的了，也不值得我的鼓励。

我知道有人会说我所讲的这样的提升是不可能由广大劳动群众获得的，他们也梦想着去实现这样的结果。有人会说，人类的主体部分都是仅仅为了获得物质财富和肉体舒适来工作的，因此，精神有必要执着而获得提升。这种说法值得考虑。但如果反对者认为拥有物质世界的人是为了给思想埋进坟墓里，那么他们一定没有认真研究过物质世界。物质世界是为精神而准备的，身体是为心灵准备的。这个心灵，这个精神，是这个鲜活的肉体和骨头、神经和肌肉组织的末端；是浩瀚的大海和陆地、空气和天空系统的末端。太阳、月亮、星星和云彩，季节的无限创作，不仅仅是为了吃饱穿暖的身体服务，而是首先唤醒、滋养、提升灵魂，成为人们智力、思维和想象的学校，提供活动的场地、带来造物主的启示并成为社会关系的纽带。我们被安置在物质世界里，不是成为它的奴隶，而是要掌握它，并使它成为我们的最高权力的服务者。观察物质世界对心灵有多大的影响是很有趣的。大部分的科学、艺术、职业和生活行业，都出自于与我们相关的物质世界。自然哲学家、医生、律师、艺术家、立法者发现了他们研究的物质对象或目标。诗人从物质里借用了它美丽的意象，雕塑家和画家通过物质表达了自己的崇高概念。物质激发了世界的活动。物质器官的感觉，尤其是眼睛，唤醒了脑海中无限的思绪。为了继续活着，大部分人要沉浸在物质里。他们的灵魂不能提升，是与他们和物质世界连接的伟大目标相违背的。我认为，哲学没有看到外在世界的自然规律和现象，因此，唤醒心灵的方式可悲地被忽视了。社会中的大部分人喜爱的和渴望的不应该是对物质世界的过度劳作，它是与神的设计相违背的，原本自由的灵魂被束缚了。

灵魂提升，是劳动者及每个人都渴望的，而这是什么意思？这个提问我知道，是模糊的，它通常只适用于辩论中。让我努力传达有关它的一些精确的想法吧。这样做，我可以不用任何语言，这也省得听众进行思考的必要了。主题是一种精神，它带我们进入我们自己的本性深处，没有必要让你们集中注意力，也不用要求你们做一些精神思索。我知道，这些讲座都是为了娱乐，而不是脑力劳动；但是，正如我已经告诉你的，我对劳动者有极大的信心，而且我觉得我能够激发听众进行积极的心灵思考。

灵魂的提升，是由什么组成的？如果没有哲学的正确性目标，我就会明确地讲述它，它包括：第一，获得真理的外在的思考力；第二，单纯力和宽容力；第三，道德目的的力量。每个主题需要一个讲座来进一步拓展，今天我只讲第一点。从这点，你们可以揣摩出我对其他两点的观点——在我进入这个话题前，让我提出一个初步的评论。对于每个在尊严上渴望提升的人，无论贫富与否，无论是否受过教育，有一个必要的条件、一个努力和一个目的，没有这些他一步也走不了。他一定要坚持不懈地将自己从错误的思想和生活中解放出来。他习惯性地默许自己去犯任何已知的犯罪或不法行为，明显阻止了他进一步迈向更高的智力和道德生活。关于这一点，每个人都应该诚实地对待自己。如果他不遵从自己的良心，因为违反日常责任而谴责自己，那他就不要梦想自我提升了，因为他的基础是不牢固的。他把基础建立在了沙子上，如果就算有的话。

我现在继续论述我的主题。我曾经说过，一个人的提升是要寻求，或者更确切地说，是首先在思想上有努力获得真理的力量。对此，我要求你们重视。思想，是不同心灵的最根本的区别，是生命的伟大工作。一个人外在所做的一切，只是他内在思想的表达和完成。为了有效地工作，他必须认真思考；为了行为高尚，他必须思想高尚。知识力量是灵魂生活的主要因素，并应被每个人提出作为他的最终生活准则。对于理智和良知、思想力量和道德力量进行区分，并且说具有美德的行为要胜过强大的思想是常见的事情，但是我们通过行为和灵魂的力量毁坏了我们的本性，它们本应不可分割地联系在一起。头脑和心灵不像思想和美德的联系那么至关重要。良心，作为自己的一部分，难道不包括最崇高的智力行为或理性吗？我们不能仅仅把它视为一种情感吗？它是不是意味着更多？这难道不是正确、神圣、善良的一个明智的辨别吗？从美德里拿走思想，一个人还有什么值得保留的？美德不比盲目的本能高级吗？是不是建立在这个基础上，不包括清楚的、明智的想法？这些想法是关于什么是可爱的、伟大的性格和行为吗？如果没有思想的力量，我们把什么称之为觉悟，或渴望去做正义，突然出现的幻觉、夸张、过度紧张呢？地球上最残忍的行为是违犯了良心的名义。从责任感上说，人们互相憎恨和彼此杀害，最恶劣的欺诈行为是以虔诚的名义进行的欺诈行为。思想、智慧是一个人的尊严，一个人只有学会认真思考并强迫自己思考，或者运用心灵的力量来获得真理，他才能提升。每一个人，无论在什么情况下，都将是一个学生，不管他有什么样的职业，他的主要使命是思考。

我说每个人都是一个学生，一个思想家，这并不意味着他就要把自己关在屋子里，把身体和心灵放到书上。人类在出书之前就在进行思想活动，一些伟大的思想家从来就没进过我们所谓的书房。自然、经文、社会、生活，都是人们当前思考的永恒主题。那些收集、浓缩、运用他的思维来思考这些主题并追求真理的人，就是一个学生，一个思想家，一个哲学家，并上升到一个人的尊严。现在是时候了，我们不应该把思想家、哲学家的头衔仅仅局限于专业的学者们了。无论谁，拥有热切追求真理的心灵，无论什么时候或者用什么方式进行思考的人，都属于这类有智慧的人。

就这个词的广义来说，所有的人可以说是在进行思考。也就是说，一连串的思想、观念，从早到晚从他的头脑里经过，但是由于这一连串的东西是被动的、间接的，或者偶然支配的，以及向外的冲动，便不能称之为尊严，仅仅是无理性的精力，人们是消极地接受的。那样的想法，如果还能被称为是思想，那么思考的人就是无目的的，就像是一只看不见的眼睛，在天地间从未停留，看不到什么鲜明的物体。思想，从其真正意义上来说，是智慧的能量。在思考时，心灵不仅接收了来自外部或内部的印象或暗示，而且对其做出反应，收集其注意力，并集中了力量，就像在一个活生生的实验室里对它们进行分解和分析，然后再重新将它们组合，追踪它们的联系一样。因此，要把它和所有相关的事物联系起来一起思考。

在我们生活的这个世界，可以体现出上天的想法，也能唤起人们去思考。它充满困难和神秘，只能通过智慧的思考才能看透，并揭开秘密。每一个对象，即使是自然中和社会里最简单的事物，也是由各种元素巧妙地结合在一起组成的。因此，为了理解每样事物，我们必须把它从复杂性里提炼出来，分解成小要素，再仔细观察它们之间的关系。进入脑海的每样东西不仅本身就是一个深度秘密，还和其他事物有着千丝万缕的联系。宇宙不是无序的、断开的，而是一个美丽的整体、有机的整体。没有什么是单独存在的，所有的东西都交织在一起，互相存在。最卑微的物体也有无限的联系。蔬菜，你今天在你的餐桌上看到的，是由上帝最初种在地里的第一株植物身上成长出来的，是六千年雨水和阳光的产物。这样的宇宙需要思想来理解它。我们被置身其中进行思考，想出其中的力量，看到事情表面以下的东西，超越事实和事件本身来看到它们的起因和影响，看到它们的存在理由和目的，它们互相的影响、它们的不同和相似之处，以及使它们联系在一起的一般规律。这就是我说的，通过这样的思想精神就得到了提升。谦逊者代表了神的智慧，他的地位提升得越高，就表示人们的意见越一致，它获得越来越多一致性意见，目的就是为了传播宇宙的真理、建立神圣的、和谐的、无穷无限的神的体系，从而达到对无所不能的上天有一个深刻的、开明的崇拜。不要吃惊，就好像我因为绝望而得到了心灵的提升一样，对于所有的思想，目的都是要真实地、热切地以事物的本来面目来看待它们，看待它们的联系，把一些松散的互相矛盾的心灵想法形成一致的和谐的想法。所有这些思想，无论在什么领域，都是获得我所讲的尊严的途径。你们都是有能力进行我所建议的思考的。你们已经在一定程度上进行了练习。小孩子，把探究的眼睛投向了新玩具，把它分解开，他可能发现它运动的神秘原因，因此开始了我所讲的工作，这时他已经开始成为一个哲学家了，已经开始研究未知的事物了，已经开始寻求思想的一致性和和谐性了。让他继续去探索吧，因为他已经开始，并使思考成为生命中的一个伟大事业了，他会提升他的自由度和思想力，来拓宽思想和统一意见，这对他来说是内在的启示和他所创造的智力的伟大的行动。

你会看到，在提到思考力，以及劳动者的提升及每个人的提升时，我一直认为这种力量主要用于追求真理。我恳求你不要忽视这个动机，因为它对智力和尊严是最重要的。思想可能会有其他目的，例如聚敛财富是为了自私的满足，超越人权是为了个人需要，欺骗他人是为了让自己获利，寻找各种理由掩饰自己的错误。但是如此使用思考的力量就是在自我毁灭。当思想成为恶习的奉迎、激情的工具、谎言的倡导者，它不仅变坏了，而且也成了病态，它失去了区分虚伪、善恶，辨别真相的能力，它变得就像眼睛不能分辨颜色和形状。对于渴望真理之爱的心灵来说这是痛苦的！为了这种需要，天才变成了世界上的一个祸害，它呼吸的是有毒的气体，它照亮的只是瘟疫和死亡的路径。真理是无限的精神之光，是万物中的形象。除了真理，没有什么能够永恒。人们想用来取代真理的梦想和理论，都会很快灭亡。

没有真理的指导，努力是徒劳的，希望是没有根据的。相应的，人们对真理的热爱，深深地渴求它，故意地去追寻它，迅速地掌握它，可视为人类文化和尊严的根基。思想固然珍贵，对真理的热爱更珍贵。如果没有它，思想——思想是飘荡的——就会突然让人变得内疚和痛苦。如果教育和讲台没能灌输给人们一个公正、认真、虔诚的对真理的热爱，并为之辛苦地劳作、生活，甚至为之而死的话，那么教育和讲台就存在着巨大的缺陷。让劳动者沉浸在这种精神里；让他们懂得自己被授予了这种思考力，为了获得真理，让他们懂得把真理作为比日常食物更珍贵的东西，这样真理的春天就走近他们了，他们已经开始成长，也成为他们种族中的优秀分子了。我也绝不希望这仅仅是劳动者的提升。不幸的是，我们几乎没有做什么，来激发富人或是穷人为了真理本身而热爱真理，或是为了生活、灵感和尊严来追求灵魂。我认为，事实上，豪华、时尚生活的精神，比穷人的艰辛更不利于追求真理。在先进的文化里，这个原则可以唤醒所有阶级，无论在何地唤醒，它都会造就哲学家、成功和高尚的思想家。这些评论对我来说特别重要，因为它展现出一个工会在道德和智力本性之间如何亲密存续，以及两者如何从一开始共同工作的。人类所有的文化建立在一个道德基础上，在公正、无私的精神上，因此人们愿意为真理而付出牺牲。如果没有这种道德力量，纯粹的思想力对我们的提升也是毫无益处的。

我知道我会被告知，我所坚持的思想工作是困难的，使自己集中精神去追求真理比手工劳作更困难。就算是这样吧。但我们有那么脆弱地希望提升而不付出辛苦吗？有没有人，无论是劳动者与否，都希望不付出艰苦的努力就获得身体健康呢？孩子能不通过努力，就得到成长和力量吗？没有困难，生活就会平淡并毫无快乐可言。一个浓厚的兴趣能把困难转成快感吗？让真理之热爱，如我所讲的，被唤醒吧，让它扫除途中的障碍，鼓励心灵，激发你获得新的能量去获得真理。

总的来说，这就是我迄今所说的思想的力量。我的意见会更全面和清楚地给出。下一步，这种力量将施加到这些目标上。这种力量可以分成两类，物质力量和精神力量——我们眼睛里的物质世界和精神世界。劳动者尤其要重视自己的学习，因为他们的工作是进行学习的前提，他们更明智、有效、高兴和体面地去工作。相应地，他们知道自己的行为是什么，知道对自己有益的规律和力量，知道自己工作的理由，解释眼前的变化。当思想投入到劳动中，当心灵保持与手同步使用，劳动成为一个新的事物。每个农民都应该学习化学，以便了解哪些元素或成分进入土壤、植被；研究肥料和规律，并根据其进行结合或分离。同样，技工应该了解机械力、运动的规律，了解他所从事的各种物质的历史和组成。让我补充一下，农民和技师应该培养对美的感知。一个农民给他的土地和屋舍增加魅力和新的价值是多么美好啊！这才是有品味的人。机械师的产品，无论是大或小，房子或鞋子，能够更值钱，甚至更昂贵，如果他能成功地增加它们的优雅感。在法国，这种情况并不少见，教技工绘画力学原理，使他们变得眼疾手快，可以说出他们作品的美的吸引力所在。每个人都应该在他的劳动中致力于这种完美。心灵越是辛劳，获得的就越多。没有思考的习惯，一个人的工作更像是一台机器或一只野兽，而不是一个人。有了思想，他的灵魂就能够在他的劳作中保持生机勃勃。他学会观察其行业的进展，捕捉缩短劳动时间的提示，发现重大问题，并且有时能够完善自己的技能。即使现在，在所有我们这个时代引以为自豪的发明的奇迹之后，我们毫不怀疑，机械的改进是在工人之中拓展其智力和自然科学的结果。

但我不想在这里停止演说。自然给予我们思想的力量，不仅仅是帮助我们在工作中获取知识，而是为了更崇高的目的。自然应该研究其本身，因为对它的完美印象如此深刻，因为它洋溢着美丽和庄严，智慧和仁慈。一名劳动者，像其他人一样，都应该公平地接受教育，也就是说，他去获得知识，不仅为他的生存，也是为了他的生活和成长，以及心灵的提升。我试问，我是否希望劳动者横越整个物理科学圈？当然不是。我也不指望商家、律师，或传道人去那么做，也并不是有必要都来提升灵魂。物理科学的真理，给心灵以最大的尊严的，是那些创造出来的一般规律，它需要多年才能揭开。但一个积极的心态，决定了如何自我发展，我们可能去研究和理解，以解释自然在我们周围发生的不断的变化，看到宇宙中的一切力量在无限地运作，这都是创造的智慧。

这使我观察思想的力量要发挥的第二大对象，便是心灵、精神、理解和智慧的产物。这是所谓的形而上学和道德科学的主题，这是思想的广大领域。对于外在的物质世界是精神世界的影子，并逐渐掌握它，这项研究的范围是广大的。它涉及神学、形而上学、道德哲学、政治学、历史学、文学。这是一张巨大的列表，它可能包括大量的知识，这必然超过了劳动者力所能及的范围。但它是有趣的思想，这些不同学科的关键是让每个人发现他自己的本性，并因此获得各自的快乐。我是怎么样知道上天的想法及我同类的想法的？

各种事迹、痛苦、动机、构成了宇宙的历史，我理解所有这些都来自于我自己的灵魂的有意识的传达。我内在的心灵是个典型代表，所以我能理解一切。我的智慧、正义、善良和神的力量的概念是从那里来的？那是因为我自己的精神中包含这些属性的起源。对于他们的想法首先源于我自己的本性，所以我理解其他人心中的想法。因此，所有科学的基础，存在于每个人的内心中。好男人正在努力经营他的生意和家庭，锻炼能力和培养情感，这就像喜欢神的品质一样，喜欢使伟人彰显力量的能量。所以，在研究自己的过程中，在研究他自己灵魂的最高原则和规律的过程中，他实际上是在研究上帝，研究人类历史，学习哲学，它们让古今圣贤的思想永垂不朽。在每个人的心灵和生命中，其他人的心灵和生命都或多或少地被展示了出来，或是被围绕着。为了学习其他知识，我一定要去外面的世界，也许还会走得更远。为了研究科学的精神，我也一定要回家，然后进入我自己的灵魂。最深刻的书不是被写出来的而是呈现出来的，它是经过你们每个人的心灵里的东西。所以靠近你的，进入你心里的，是最伟大的真理。

　　我确实，没有预期劳动者会详细地了解和心灵相关的各种科学。任何职业里只有少数人能理解它们，因此没有必要让所有人都理解。虽然，在某些时候、某个特定领域，会发现研究自己特别感兴趣的某一学科很有用。关于自我提升，不是一个人应该知道关于精神本质的所有思想和作品，也不是一个人应该成为一本百科全书，而是伟大的思想，是有关于所有的发现，总结了所有的科学家及哲学家从无限细节里提取出来的、可以被理解和感受的东西。这不是数量的问题，而是知识的质量，它决定了心灵的尊严。知识渊博的人可能因缺乏大量或全面的思想而远不如有着一知半解知识的却掌握了真理的劳动者。例如，我不指望劳动者用古代语言学习神学、神父的著作、宗派的历史等，这也是不需要的。所有的神学，都散布在大量的卷宗里，总结了上帝的观点。让这种想法在劳动者的灵魂里变得光泽明亮和清晰，让他知道神学图书馆的本质、光辉远高于访问了数以千计的著名神学家。一个伟大的心灵是由一些伟大的思想形成的，而不是由松散的无边的细节组成的。我知道一些有学问的人，智力却不高于其他人，因为他们没有伟大的思想。如果一个人不能把自由、美感、勇气和精神能量转变为点燃他灵魂的生命之火的话，那么什么又能让他细微地研究古希腊和古罗马的历史呢？一个时代的闪光之处不在于它的知识量，而在于其知识基础和发展所要遵循的规律。事实是，最艰苦卓绝的学生把他的研究限制在某些有关上帝的作品里，但是关于事物的有限的知识仍然可以揭示宇宙的普遍规律、宏观的原则、伟大的思想，而这些可以提升心灵。有一些特定的思想、原则、想法，其实质是统领了所有的知识，它们从本质上说是光芒四射的、永恒不变的，我渴望用这些来丰富每个劳动者和每个人的心灵。

为了说明我的意思，让我给出几个有关这方面的例子，它们属于心灵的研究或科学。当然，这些当中的第一类，是有关上帝的思想、神父的心灵、原始的和无穷智慧的思想。每个人的提升，首先要接受这个伟大的存在的概念的检验，为了获得公平的、聪明的，以及快速地对神的了解，是思想的最高目标。事实上，宇宙、启示、生活的伟大终极目标是在我们内心里发展的神的思想。通过认真、耐心、费力思考才能看到这个无限神的存在，我们要改变、激情、自私、偏心，以及从我们周围卑鄙的世界里向我们传来的关于神学的低级看法。这一个想法，在劳动者的内心拓展了，比所有科学在提升上更富有成效，无论科学多么丰富或深刻，它仅仅适用于外部有限的事物。它把他置于人类的第一等级里。你听说过的伟大的神学家，他也就是个徒有虚名的人，这就是他的表现，他通过思想和服从，净化了和扩大了他对神的观念。

我继续讲另一个大类：人的思想，人性的思想。这应该是个严肃的主题。几乎没有人知道，迄今为止，什么是人。他们知道他的衣服、他的肤色、他的财产、他的军衔、他的愚蠢、他的外在生活，但他内在的思想、他真正的人性，几乎没有人晓得。可是，如果一个人不知道什么是自己的独特价值，他要怎样活下去呢？有趣的是，人类一般对他的思想是那么忠诚，他们的行为也表现得那么好。告诉人们勇气是真正的男子汉气概这个概念，多少人至死也达不到该标准。因此，一个人的真实思想产生于劳动者的头脑里，使劳动者超越了其他阶级。有人问我有关人类的尊严的概念了吗？我应该说，它首先是由精神的原则组成的，有时叫理性，有时叫良心，它，超越了局部和暂时，看到了洞悉永恒不变的真理和永恒的事实。其中，在不完美的事物之中，包含完美。这是普遍的和公正的，直接与人性偏心和自私的原则对立。我在这点上是有权威的，我的邻居贵如我自己，他的权利和我自己的一样神圣，这就命令我接受所有的真理，尽管它可能与我的自满有冲突；去做所有的正义事情，尽管它可能不符合我的兴趣；这需要我用爱去欣赏一切美丽、善良、圣洁、幸福，并在其中可以发现这些品性。这是人性中的神圣原则。

我们不知道人是什么，但我们可以通过灵魂观察到一些东西。关于人还有一个伟大的观点，是前面实际上已经包括了的，然而还需要进一步解释。他是一个自由的人。在一个春天里通过造物者的头脑创建，并自我塑造，决定自己的命运。他与大自然紧密相连，但不受其束缚；他与上天连接更紧密，然而也不受神性的奴役，反而有能力实现或拒绝神的旨意；他被无尽的力量包围，其中有造成快乐和痛苦的物理元素，有看见和看不见的危险，有诱人的、罪恶的世界的影响，但是却用神的权力与这一切抗衡，通过战胜与他有冲突、有威胁的各种力量来完善自己。这就是人的思想。通过认真的思考揭示出自己的意义，能使人感到无比的快乐。

如果我有时间，我会很高兴谈及其他的伟大思想，属于心灵的科学思想向我们总结了如何明确地表达和人们的疑惑。人类生活的想法，其真正原因是伟大、美德的理念及绝对的和最终的至善。自由的观点，这是政治学的最高思想，隐藏在人脑中，是我们国家伟大生活的主要动力——所有这些可能会被放大。我可能会展示，这些是如何在劳动者中被唤醒的，并可能给他提升的机会，这是许多劳动阶级的人所追求的。但是，离开这一切思想，我只会谈谈另一个，心灵科学最重要的一个结果，劳动者以及每个人，可能也应该接受，这种思想应该用耐心的思考来进行强化。它是作为个人的重要想法。他明白，自己是有价值的，而不是属于一个群体只对公共事业是有贡献的，而是他靠自己的贡献。他不仅仅是一台机器的单纯的一部分。在一台机器里，零部件都是无用的，但却有益于整个终端，它们因此而独自生存。人类不仅仅如此。他不仅仅是一个工具，而是一个个体，存在是为了他自己，为了揭示他的本性，为了他自己获得幸福。诚然，他是为别人工作，但不卑躬屈膝，没有破碎的精神，不会因此而降低自己；他是从一个明智的自我方面为别人工作，从正义和仁爱的原则行使自由意志和智慧，这样，他自己的性格也得到了完善。他的个人尊严，不是从出生就带来的，而是来自于成功，来自于财富，来自于外在的表现，这组成了他的灵魂的坚不可摧的原则——这应该成为他习惯性的意识。我说话不会过于委婉或引经据典，但我说出我平静的、主观的信念，我认为，劳动者应该自尊地看待自己，这个自尊是外部等级相当高的、最令人自豪的君主也不知道的。

现在我已经说明了什么是伟大的思想，那就是提升心灵。它们的价值和力量不能被夸大，它们是地球上最强大的影响力。一个伟大的思想进入一个人的头脑里可以让他获得重生。古今共和国的自由的想法，各教派的灵感的思想，不朽的探索，这些是怎么样战胜世俗的利益的啊！他们造就了多少英雄和烈士啊！伟大的思想比激情更有力量。唤醒他们是教育的最高目标。然而，却很少有人想到这点。人民群众的教育包括教给他们机械的习惯，教他们打破目前的思维模式，教给他们宗教、道德及传统。是时候，理性的文化取代机械的文化了。人类应该多按照思想和原理来采取行动，而较少地进行盲目冲动和媚俗的模仿。

在这里我经常遇到不断重复的反对，认为这样伟大的想法，不应该期望众多的人拥有，他们的文化方式是如此受局限。这个难点我将在下一讲进行回复。但我想说明一个事实，我们的自然法则以有限的方式存在，仍然盼望着有极大的改善。那些伟大的思想大多从我们的外部，从直接的、劳动的教育获得，而很少是从间接的影响，或从我们自己的头脑工作中获得的。因此，辛苦的教师可指导我们学习神、美德和灵魂。我们一开始可能对它们一无所知，而一个眼神，一个声音，同类的一个行为、由一个伟大的想法点燃的行为，我们生命里一些令人怀疑的彷徨的季节，都通过我们内在来唤醒和拓宽我们的思想。

这是经验，灵感和思想经常光顾我们。当我们认真思考时，我们也不知道这是怎么回事。他们在天上像灯光一样照耀着我们。一个严肃认真地追求美德和真理的人，会发现自己得到很好的教育。他自己的灵魂的启示、神的亲密存在、伟大的创造、无私的荣耀、畸形的错误行为、普遍正义的尊严、强权的道德原则、不朽的真理，以及幸福的内在源泉，这些启示，唤醒了人渴望的东西，使自己成为自我提升的谦恭者。有时，自然界中常见的场景，生活的常见关系，将以前未知的东西以一个更清晰的意思呈现给我们。有时，这种思想构成了这个时代的生活。它改变了整个未来的过程，它是一种新的创造。而这些伟大的想法并不局限于任何阶层的人。他们是无限的心灵与各种心灵的沟通，只要他们能接受。劳动比奢华或时尚的生活让他们更容易接受。他甚至比一个书呆子的生活更美好。孩子般的简单比智慧的自私文化更容易获得这些启示，无论想象有多远——或许我们应该早些注意这些暗示。

在谈到伟大的想法时，有时它们自己如雨后春笋，突然闪现，我没有想到召唤它们，我们只是被动地等待它们，或放弃我们的思想任由它们控制。我们必须做好准备，忠实于我们自己的力量，用我们力所能及的文化来帮助自己。并且，这些闪现如果来了，就会是不同的、不完整的、不完美的意见，但瞥见、暗示、闪烁，给了我们对外部世界的注意和印象，想着它们，耐心地反思它们，用我们的智慧、行为把它们与其他人的思想真实地联系起来。一个伟大的想法，如果没有反思，可能会让人炫目和迷惑，可能会破坏心态的平衡和比例，并导致更多的危险产生。这是唤醒我们自由、认真努力的权力，唤起我们从被动到主动活动和生活的愿望，赋予我们心灵力量。

因此，我演讲的思想的力量，是劳动者为了自己真正提升而追求的。我将结束这一主题，去观察这股力量可以发挥到何种物体或为何种目的上，有一个目的应该是习惯性地占据优势的，那就是，要获得生命的所有职责的一个更大、更清晰的理解。思想不能跨越太宽的范围，但它的主要目的应该是获得对公平正义，以及我们所生活的关系和条件的更加公正和合适的理解。不要认为我是在这里做专业的讲座，或讲道似的说教。

职责的主题同样属于所有专业和适应所有条件。它是明智的思考，如同生活不能没有呼吸，或没有光就看不见，从自我提升的工作里获得道德和宗教原则一样。我这样说，是因为你们容易把纯知识与提升心灵弄混了。知识如果没能促进更高的美德就没有达到它的终极目标。我不是说我们不用去思考、阅读或学习，而是要表达学习是我们的职责的明确目的。心灵一定不能被硬性规定所束缚。在一定程度上，好奇、娱乐、自然口味，可以天真地指引阅读和学习。然而，即使在这种情况下，我们也要在道德上和智力上提高自己，寻求真理，拒绝虚假，小心避开所有的人类产生的污点。没有道德的力量，智力又有什么好处呢？学习研究外部的世界又有什么用呢？道德的伟大无法激发对有道德者的崇敬，它的善行无法唤醒我们对同类亲人般的爱，我们学习历史又有什么用呢？如果过去不能帮助理解目前的危险和责任；如果从那些在我们前面所遭受的苦难里，我们没有学习到如何受苦；从他们的伟大和良好的行为中我们不知道如何行动高尚；如果人的心灵的发展，在不同年龄和不同国家，没有让我们更好地认识自己，文化对我们又有什么意义呢？如果生活中的慷慨的情怀，没有见证无私和正直，它又如何鼓舞和引导我们采取更聪明、更纯净、更优美的行为呢？我们从诗歌和精美的艺术里得到多少益处啊！如果美丽、愉悦的想象，没有温暖和完善我们的心灵，我们怎能提高我们去爱，去赞美公平的、完美的、崇高的性格和能力呢？让我们的研究与我们获得的条件一样宽广，让它成为我们的最高目的，让我们从我们的职责和幸福中，从我们的本性的完善中，从我们的生命的延续中，以及我们力量的最好指导中去教我们学习吧！这就是智慧的文化，它被郑重地用来启发良知，培养大方慷慨的感情，完善我们的共同享乐，为我们共同的行为大施恩泽，使我们天真快乐，成为圣洁的影响力中心，给我们勇

气、力量、安稳，经受住突然的变化和疼痛的折磨，以及生活的
考验。

论劳动阶级的提升：第二讲

在上一讲我邀请你注意一个会令你很感兴趣的主题——社会劳
动阶级的提升。我建议，首先考虑，这个提升包括什么；其次提出
一些反对意见，反对它的实践性；第三，提出一些条件，现在有利
于自我提升的条件，同时我们也希望完成越来越多的这样的条件。
再考虑第一点时，我开始陈述劳动阶级的提升不包括什么，然后进
一步积极地展示它是什么，它包括什么。时间会追溯到我们讲过的
原因，我相信你们的记忆。我不得不把我自己局限到思考智慧的提
升，主要是劳动者的智慧提升上。但是，在处理这个话题时，我还
阐释了道德、宗教、社会的提升，它们由此进入了真正的尊严中。
我观察到，劳动者在成为劳动者的同时，他还是一个学生、一个思
想家、一个智慧的人。展示了真理的资格、通过特定的娱乐、日常
的体力劳作才有资格获得真理。现在我来考虑许多人提出的反对意
见，他们认为劳动者的命运是注定的。这就是我们需要思考的第
二点。

首先，很多反对意见认为，劳动群众不能拥有各种书籍，或花
很多时间在阅读上。那么他们怎么可以得到思想的力量和伟大的想
法呢？这在前面的演讲里提到过。这种反对源于当前盛行的倾向，
认为智慧的提升与书籍的学习有关。有些人似乎认为在印刷品面里
有一种魔力，可以比其他来源获得更多的知识。阅读被认为是得到
智慧的宝贵之路。这种偏见我几乎已经在我以前的言论里阐述过了，
但是许多人还坚定地认为如此，这有必要进行一些考虑。我不会试
图通过谴责书来击退异议。真正的好书能够超越那个时代所能理解

它们的人们。它们是过去时代的伟大灵魂的体现，天才因为它们而不朽，正如有时所说的，他们永远活着。但是，我们并不需要很多书来回答何为阅读的伟大目的。好书很少，花一些时间些忠实地研究少数书籍，就足够提升思想和充实头脑了。最伟大的人物都不是书虫。华盛顿，人们经常说，他不是伟大的读者。从书本上学到的东西比我们从经验和反思中获得的真理价值低多了。事实上，大多数来自阅读的知识很少被反思或应用，不能不说是徒劳无用的。经历过的事件让心灵进行认真思考和积极应用其资源，会比我们的学习更快地提升了心灵。我们阅读的只有少数一些书籍是值得阅读的，剩下的大多数毫无用处。他们自己不是思想家，怎么能唤醒思想呢？我们很大一部分阅读是没用的，我几乎要说差不多是有害的。我遗憾地看到我们的劳动者用他们的辛劳与我们的许多年轻女性和年轻绅士的阅读进行交换，他们认为智慧会赋予他们娱乐。他们为了快乐而阅读，正如他们所拜访的人，他们讨论伟大的真理，提出他们脑袋里闪现的思考力。这种对智慧尊严的麻木不仁，用肤浅的阅读来消磨心灵的，我看没有什么可以在广大劳动者面前声称的优势。劳动者当然要彻底地了解一件事情，那就是：他们自己所从事的工作，这是在为自己和自己的同类做有用的事情。书籍的伟大用处在于唤起我们的思想，让我们想起一些问题，这些问题是伟人们一直以来为之而努力奋斗的；运用判断，用想象和道德感情的素材武装我们，让我们从比我们自己更高的精神里呼吸道德生活，书籍的快乐就可以被那些没有太多时间进行详细研究的人体会到了。

　　那些对劳动阶级丧失信心的人绝不能忘记这点，因为他们不能生活在图书馆里，真理、光明和心灵提升最高的来源不是图书馆，而是我们内在的和外在的经验。人的一生，充满悲欢离合、负担和甜蜜、罪行及美德、深厚的希望、庄严的变化。这些始终压在我们身上。这是怎么样的一个图书馆啊！谁不想研究它呢？每个人都是值得加以研究的一卷书。大部分通过人群自由流动的书籍是那些有关人类生活的图片的书籍，可这些图片与原始图片相比有了多少改进呢？我们知道怎样去阅读它吗？劳动者通常只会翻开第一页。仍然有更多的劳动者每天都在谱写着比所有人类生产更有意义的卷宗——我的意思是指他自己的生活。最崇高的天才的著作教的东西也不可能有我们自己的生活那么深刻，比如从我们自己灵魂深处得出的关于人性的启示、我们自己热情的著作的灵感，我们自己智慧的运用、我们做好事与做坏事得到的报应、我们对当前生活的种种不满、每个人自传的部分里所展现的自发的想法和愿望，等等。研究我们自己的历史，从童年开始到我们发展的所有阶段，困扰我们的或好或坏的影响，我们的感觉和目的的突变，让我们走向将来的幸福或痛苦的巨大趋势——这都是研究，它使我们变得更加高贵睿智。我们当中谁没有获得永恒的真理的这个源泉呢？劳动者可以不学习和了解他自己在他内心写出的篇章吗？

在这些言论里，我的目的是去除劳动者本人观念中"因为缺少书籍，他们就不能获得力量和思想的丰满"这一错误的认识，我接下来将转向其他阶级的偏见。一个非常常见的偏见是，许多人不用去思考、学习、提高他们的心灵，因为上帝倾向于一些有特权的少数人来为他们进行思考了。"上天"，据说，"培养了高级的心灵，他们的公职是为种族的其他人发现真理。思考和体力劳动是注定不会走在一起的。劳动的分工是自然界的一大规律。一些人是用头脑为社会服务的；而另一些人，是用他们的手。让每个阶级保持其应有的工作。"

我抗议这些理论。我希望任何个人或阶级都不要受这种思想垄断。人类当中，谁能去为他的弟兄们思考，去被动地塑造群众的智慧，杜绝自己的形象印在他们身上，难道他们是蜡烛吗？几乎没人声称控制了所见的光和所呼吸的空气及思想。智慧是不是像视力和呼吸的器官一样具有通用的天赋呢？真理是不是会像大气或者阳光一样自由地流通呢？我们能否想象，这些最高智慧、想象力和道德力量仅仅满足了动物最基本的生理需要吗？拒绝自然的增长方式，对吗？受苦差事的驱使？大部分被当成怪物？只在少数器官和功能上得到成长，而在其他方面变得憔悴和枯萎？它们是用来激发人类的所有力量，尤其是最好的和最显著的力量吗？没有人——即使是最低等级的——是只有手、只有骨骼和肌肉的。心灵比四肢对于人性更重要的、更持久。这是用来欺骗人的吗？思想不是所有人的权利和义务吗？真理对所有人不是一样珍贵吗？就像健康的谷物对人的身体一样，真理不是心灵的自然养料吗？心灵不是适用于思想吗？就像眼睛对于光明，耳朵对于声音一样。谁会拒绝自然的行为、自然的元素和喜悦呢？毫无疑问，有些人比其他人更有才能，过着更加勤奋刻苦的生活。但是这些人的工作不是为其他的人进行思考，而是帮助他们去更积极而有效地思考。伟大的思想是让别人变得伟大。他们的优势是可以帮助别人，不去打碎众人的智慧领地，不是在他们头上去建立精神暴政，而是从昏睡中唤醒他们，并帮助他们自行判断。在一个灵魂里涌现的光明与生命都会远播。人性的背叛，莫过于他用自己伟大的智慧力量去记录他的不被看好的兄弟的智慧。

有时那些人认为众人不愿意去思考，充其量他们学了，但是很少，可能对他们有害而不是有益处。"学习较少的话，"我们被告知，"是件危险的事。""浅尝辄止"比无知更糟糕。据说，人民群众最终没有获得什么；刺激他们思考的结果将是一个危险的形式，结果就是造就更多的无为思想家。对这样的说法我的回答是：首先，它不方便进行太多的证明；因为，如果这个说法正确的话，它表明任何阶级没有一个人应该思考。究竟有谁，我会问，可以彻底了解任何东西？谁的"学习"不是"一点点"积累的？谁的知识不是"由浅入深"？我们当中有谁了解一个事物深刻的本质或者历史的某个时间造成的深刻影响？谁又不是受到众多奥秘的困扰呢？如何能达到最广泛的智慧的范围呢？但是我们的知识，因为如此少，就没有价值了吗？难道我们要鄙视教会我们创造的各种教训，狭小的人类经验因为无限的宇宙在我们周围延伸，我们也没办法去探索，宇宙中的地球、太阳和星球就缩小到一个点了吗？我们应该记住，已知的东西，无论是多么少，都与无边的未知的东西和谐存在，并且是一步之遥。我们也应该记住，最深刻的真理可以从非常狭窄的信息里获得。人性的原理在一个家庭中进行研究比在世界的历史中研究更好。有限是无限的体现。伟大的想法，我以前已经说过的，是每个渴求真理的人都能达到的，每个心灵都能获得它。我只想补充，劳动阶级现在还不该被谴责知识太浅，并因此而被人轻蔑。他们中许多人比古代所有的哲学家更知道外在的世界。基督教向他们揭示了精神世界的奥秘，国王和先知都没有特权去理解这些奥秘。那么，他们就注定精神无为，没有能力进行有用的思考了吗？

人们有时说，广大群众可能只思考生活的常见事务，而不是较高的主题，特别是关于宗教。对此，有人说，他们必须被权威所接受。关于这一点，一般人没有形成他们自己的判断。但是最后的主题，是个人是否愿意屈从于其他人的命令。他对任何事都没有强烈的兴趣和愿望。他的头脑里和心中认为什么都是不重要或不该从事的。他没准备好用什么方式和手段来对自己进行判断。宗教是向所有人的头脑都开放的一个主题。它的伟大真理建立在灵魂本身的基础上，他们的证明存在于我们周围各个方面。珍贵的东西、生活、穷人的信仰的有效组成部分，是他看到的合理性和卓越性；他的智慧、他的良心可以为证；他的内心能够回答他自己灵魂深处想要的东西，而这些他通过自己内在和外在的经验里得到了验证。他的信念的其余部分，那些他盲目信任的，在其中没有看到真理或神性的痕迹的部分，对他来说很少或者几乎没有好处。这些经常伤害他、困扰他，这些东西包括小说和神学的有关爱情、公平、人性和崇敬。我们认为宗教是有益于世界的，它限制了一些行为，唤醒了恐惧，像警察系统的一部分功能，它自然地依赖于权威部门和传统的宣传方式。它可能扼杀了关于这个问题的思想和询问。但现在，我们已经了解到宗教的真正目的是为了唤醒纯粹和高尚的情操，并通过合理的爱心去团结人类，宗教里有一种巨大的东西超越了广大人类的思想和研究。

我继续讲另一个偏见。它是受到反对的，它认为阶级的区别对社会秩序来说是很重要的，而这个理论将被所有人的思考力一扫而空。这种反对意见，的确，虽然在欧洲获得支持，但在这里几乎不存在了。虽然有一些还徘徊在我们中间，还值得考虑。我的回答是，那么，它是对社会秩序的诽谤，它需要支持众多的人减少无知及奴性。这样的假设太不合理、太怪异，会招致激烈的驳斥。我认为不需要等级，无论对于社会秩序还是用于任何其他目的。我们确实渴望种类繁多的追求和环境。人类应该追寻他们中伟大的天才，并在每一个有用的、合法的方面展示他们自己的力量。我不要求只有一个单调的世界，我们现在都太单调了。时尚的附庸是等级的一部分，它阻止了人类权力的自由扩张。让我们拥有最伟大的各种职业吧。但是，这并不意味着需要把社会分成阶层或等级，或让一定数目的人独揽优势，作为一个独立的种族高于其他人。人们可以在不同部门里工作，也要承认他们的兄弟关系，尊重彼此，并保持彼此友好交流。毫无疑问，男人会更喜欢像朋友、同事一样相处，他们彼此感情最好。但是，这不能形成一个阶级或阶层。例如，智慧的人，寻找智慧的人；虔诚的人，寻找敬畏神的人。但假设智慧的人和信宗教的人被一些宽广、可见的区别与社会的其他人隔绝开，形成自己的氏族，拒绝那些知识少或者美德少的人到他们家里去，并尽量减少与他们交往的场合，一个人乃至社会，具有傲慢的排他性，他们还会提升吗？如果智慧和虔诚不是一个阶层的基础，他们有什么理由认为，除了拥有更多的金钱、高级的服装、更豪华的马车、越来越精致的住房，就使自己与周围不同，并使自己成为更高的阶级的人了呢？一些人比其他人更富有是自然的，是必要的，而且只能通过法律加以约束。让人类自由地使用他们的力量吧，一些人会比他们的邻居积累得财富更多。但是繁荣不是优越，并且不应该在人们之间形成障碍。财富不应该确保繁华不受到重视，唯一的区别应该是那些灵魂、强大的原则、廉洁正直、有用性、智力的培养、寻求真理的忠诚。一个人，如果有这些追求的话，应该受到尊敬和欢迎。我不明白，为什么这样一个人，尽管身着粗衣但是整洁，在最灿烂的豪宅里，在最辉煌的会议上，却不是一个受人尊敬的客人。一个人的价值无限高于轿车、服装及外在显示。他应该把所有这些踏在他的脚下。当前的人喜爱打扮和装饰是对人性莫大的侮辱，仿佛认为蚕、织机、剪刀和针能比人生产出更高贵的东西。每一个好人都应该抗议建立在外部繁荣之上的阶层，因为它把外在的凌驾于内在之上了，物质凌驾于精神之上了；因为它肤浅并短暂；因为它把人和他的兄弟们疏远了，打破了人性共同的纽带，产生了嫉妒、蔑视和相互讨厌。这是社会秩序所需要的吗？

这是事实，在一些国家里，人民群众是无知的和奴性的，同时存在着更高级的和更受尊重的阶级想让他们远离愤怒。它注入了一种敬畏的情感，或多或少地阻止了武力和惩罚的发生。但值得一提的是，在这个社会状态下保持秩序的方式可能会造成另一个阶级的不满和引起混乱的兴奋，这对于贵族或者更高的阶级确实如此。在野蛮时代，这样会使人们失望。但是当人们逐渐意识到他们的权利及与其他种族平等的时候，等级敬畏自然消退，进入猜疑、嫉妒和伤感，以及进行抗拒的阶段。限制人们的制度，现在开始发生变化。通过这一过程旧世界正在过渡。一个人，因为他穿吊带袜或丝带，或出身于贵族，就属于另一个种族，这种错觉正在渐行渐远。社会必须通过一系列的革命，沉默的或血性的，直到一个更自然的秩序代替原始的因武力造成的混乱秩序。因此贵族，不是给出社会秩序，而是现在正剧烈地冲击着社会秩序。所以，专制的人类规则，不可能永远降低人的本性或颠覆正义和自由的原则。

我知道有人会说："比较低级的阶层，举止和品位的细化的缺乏必然使他们处于比较低劣的阶层，即使所有的政治不平等被取消了。"我承认广大群众在礼仪方面的这一缺陷，成为一种与更高级的人群对话的障碍，虽然这经常被夸大了。但是这个障碍一定随着文明的方式在我们社区的传播而消失。邪恶不一定与人类生活的任何条件有关。一个聪明的旅行者告诉我们，在挪威，这个没有许多优势，又没有良好的礼仪的国家通过发展，使得"用粗鲁的方式与人交谈和生活在一起，即英国的低级社会的特点，在这里都找不到了"。多个世纪以前，欧洲上层社会者的交流存在的粗俗感，已经被时间磨灭了。相同的原因现在消除了令那些用自己的双手辛勤劳动的人讨厌的东西。我不能相信，粗鲁的举止、喧闹的谈话、吊儿郎当的疏忽、肮脏的习俗、粗鲁、猥亵，会通过社会上的任何阶层一代传给一代。我不明白为什么整洁、礼貌、精致、舒适及尊重别人的感情不会是劳动群众的习惯。其中就以举止来说，肯定会发生改变的。让我们希望，这将是一个更好的改变；他们不会接受沉淀下来的错误观念；他们将会脱离奴性的模仿，也不会用外在的展示代替真实的自然的礼貌。不幸的是，他们以不完美的模型来塑造自己。这不是单独一个阶级需要在举止上进行改革的问题。我们都需要一个新的社会交往，它应是真正的优雅，应连接礼貌的两大要素——自尊和一个微妙的关于他人权利的感情。这应是自由的，而不粗鲁；认真的，而没有太多的虚伪；优美的，而不是冲动，并且在其中，交流应该是坦诚的、舒畅的、激情四溢的，没有各种假设和幌子，并且知道不会被无情地嘲笑。这次伟大的改革，我相信将要到来，在鲜为人知的社会生活里带给人们幸福。它将从哪里来呢？明智和无私的所有条件一定会做出贡献。我不理解为什么劳动阶级不可能参加工作。事实上，当我考虑他们的生活简单性和他们更开放的基督教精神时，我不太确信，那个"黄金时代"的礼仪是否已经在那些渴望优雅举止的人中开始出现了。

在这些言论里，我认为"偏见"就是旧的想法，尊重等级，并且尊重不让人们进行太多思考的需要，但是要让这些想法建立在真理的基础上。假设等级的高高的围墙是必要的优雅举止，假设所有时代中最幸福的是封建社会，当时的贵族处在鲜花和荣耀当中，那时，贵族优越于法律，一年当中犯下的谋杀比普通大众二十年犯下的都多。想象一下对于劳动者最好的生活是死于无知当中。如果这一切发生，那我们有理由羡慕过去。但有一件事是明了的，过去已经一去不复返了，封建城堡已经被拆除了，阶级间的距离极大地减少了。可能不幸的是，人们已经开始思考，去问原因，为什么是他们在做，他们遭受痛苦和他们去相信，并让过去来进行解释。旧的法术被打破，旧的依靠不见了。人们不再被盛会、王袍、形式和表演所压制。有些人还希望社会建立在压制众人的基础上，但是众人将不再平静，当他们被践踏时，会急切地询问原因，为什么他们没有分享社会的保佑。这就是事物的状态，我们必须妥善处理我们无法阻止的东西，是对还是错，人们会去想，难道它不重要吗？他们应该公正地思考；他们应该受到真理的热情的激励和鼓舞，并被教导如何去追求它；他们应该被智慧的文化来确定，宗教和社会应该建立在伟大的原则基础上，并且通过与开化的、有美德的人的交流而远离怀疑和胡乱猜测。在目前的状态下，除了真正地改善广大人民群众外，没有什么东西对我们是有益的。除了灵魂外，只能在人们的心灵里打下坚实的基础。如果一个目标不是依赖大多数人的进展而获得的，就一定会灭亡。

反对的意见是，劳动阶级的智慧的提升，还有待说明。据说，劳动者只能通过一定程度的劳动才能获得他自己和他的家人的生存，他的必要的劳作让他没时间和力量去思考。政治经济学，通过展示人口超过了改善的手段，宣判了劳动者的不可撤销的无知和低级。他能活，只是为了一个目的，就是保持自己活着。他不可能有时间和力量去得到智慧、社会的及道德的文化，而不使他的家人挨饿，使他的社区陷入贫困。大自然把这个沉重的规律推到广大人民群众那里，我们想通过抵抗自然来改进我们的理论和实现梦想是无意义的。

这一反对意见对欧洲产生了很大的影响，在这里也不能不考虑。首先，我回答，这个反对意见，它的来源非常可疑，它通常来自于生活富裕的和安逸的人，来自于那些更关注财产而不是其他人类兴趣的人，来自于那些不太关心其他广大同胞的人。他们愿意让别人承受更多的生活负担，认为目前的社会秩序应该继续来保证他们个人的舒适和满足。自私的美食家和蓬勃发展的生意人很容易发现事物状态的自然的必然性，让他们自己积聚生活里的所有的祝福，而他们的邻居积累生活里的所有罪恶。但没有人能判断对广大群众来说什么是好的或必要的，但是他们能感觉到它们，公平和仁慈受到震动，因为想到所有优势被一些人垄断了，而所有不利被另一些占去了。我等待深刻的思想家和热情的慈善家在这一点上的判断——通过对政治经济学、人类本性及人类历史的耐心研究形成的判断。

下面所考虑的反对意见是很旧的学说的重复，即什么是"必要的"，未来总是重复过去，社会永远走着老路。但是有任何事情能比奇特的、前所未有的世界的现状更普通吗？新的力量和新的原则在起作用吗？科学与艺术完成了一个巨大的革命吗？劳动者的条件在许多地方大大提高了，他们的智慧能力就增加了吗？那些滥用，曾经被认为是对社会是极其重要的，以及缠绕着它的所有细枝末节，已被删除了吗？大部分人是不是待在几个世纪前他待的地方？新的环境，如果让我们恐惧，与此同时让我们远离绝望呢？未来，是它应该成为的样子，是与过去不同的。当代存在的新的元素，它一定能造就新的幸福与苦难。那么，我们没有权利，在人类事务不变的基础上，去压制社会进步的力量和希望。

另一个要考虑的是，在回答偏见的问题上，生命的必要辛劳不包括改进，不仅来自于一般历史观，而且来自于这个国家的特别经验。这里工人阶级提升了，并且在智力上仍持续上升。过程中既没有挨饿的迹象，我们也不会成为地球上最贫穷的人们。到目前为止，这个国家的最有趣的看点是工人阶级的条件。我们当中没有什么比思想、性格和自尊的力量更值得人关注的了，广大群众的制度和历史唤醒了这些思想、品格和自尊。虽然我们繁荣的阶级与国外的相同阶级很像，但是我们希望，道德更纯真。但是伟大的工人阶级远远超过了其他国家的劳动者。谁有权去为这个进步设定界限呢？在改进方面，第一步是最难的。每次知识和力量的增加都帮助获取新的东西。

　　此外要考虑的，是在应对反对意见方面，到目前为止，社会没有认真致力于提高其所有成员地位的工作，所以什么是可能的，仍有待确定。到底应该给予劳动者多大的言行权也没做过尝试。最伟大的社会事业反而是处于起步阶段。伟大的思想者无处不在，认真地、急切地着手去解决如何提高民众地位的问题。试验将要来到了。还有，众人无法清楚地理解进步的真实想法，也无法严肃地解决这个问题。这个伟大的思想，正逐步在他们身上开放，就注定创造奇迹。他们的拯救主要来自他们自己。其他人对他们不能做什么，直到思想触及了他们自己的内心。这个做到了，他们就不会失败。人们，如同历史向我们展示的，可以在伟大的思想的力量下创造奇迹。在关键时刻他们为国家、为宗教做了多少事，遭受了多少不公呢？他们自己提升的伟大思想仅仅始于他们的自我展示，这个能量是不能被预言的。这种崇高的观念，一旦清晰地占据了思想，就将给他们带来新生命的气息。在这种冲动下，他们将为他们高尚的职业创造时间和力量，这不仅仅会重造自我，而且还能重整社会。

　　再次声明，如果鼓励劳动者去花时间和力量去提升他的心灵，当我考虑到心灵的力量和效率之时，即使会让自己饥饿，让国家贫穷，我没有对反对意见失去信心。宇宙中最强大的力量是心灵，这创造了天和地，这把荒野变成硕果累累，并根据彼此的需要，把遥远的国家通过仁慈的力量连接起来。那不是靠粗鲁的蛮力或是体力，也不是艺术、技能、智力和道德力量，而是靠精神力量人们才能掌握世界。精神征服了物质和恐惧，然后通过召唤一个人的心灵，我们让恐惧陷入贫困和饥饿中。我相信，随着智力和道德力量在社会中的成长，它将提高生产力，工业将变得更有效率。一个明智的经济学家将积累财富，自然和艺术的无法想象的资源将被发现。我相信，生活的手段将更加容易，相应地，人们将更加开明、洁身自爱、果断、公正。身体或物质力量是可以测量的，但是灵魂的力量却无法测量，增长的精神力量的结果也无法进行预言。

这样的社会将践踏现在被视为不可战胜的障碍，并把它们变成帮助人成长的财富。内在铸就外在。一个民族的力量在于它的心灵。这种心灵，如果被强化和扩大了，会把外在的东西变成和谐本身。这会在它周围创建一个新的世界，与其自身和谐共存。但是，如果在这样的信念上，我错了，如果，通过固定的时间和手段提升了人们的地位，工业和资本将使生产力变得较低下，我还是要说，宁可牺牲财富，而不能牺牲一个民族的心灵。我也不相信，一个社会的物质利益会以这种方式被削弱。一个国家的财富的减少，不可能是全面重视智力和道德文化所引致的。也许确实存在一个国家生产力减少了，但是民族的性格和精神会影响生产成果的平等分布；一个社会的幸福主要在于财富的分配而不在于它的数量。因此，在谈到将来时，我不敢宣称预言有任何特殊的礼物，作为一般的规则，没有人能够清楚地预见任何伟大的社会变革的最终的、永久的结果。但是就我们当前的情况，我们不应该怀疑。这是信仰的一部分，我们要相信，没有任何东西可以使一个国家如此有效地获得幸福和持久的繁荣，除了所有阶级公民的提升。质疑这个似乎是一种犯罪。

如果这个失败了，

苍穹的支柱便会腐朽，

地球的根基便是残梗。

我知道，据说在用劳动阶级进行自我改善的可能性方面，沮丧的事实可能来自我们的日常经验。可以说，在这个国家，在其他土地上的未知的优势下，有相当数量的辛劳的人被压在非常沉重的负担下，他们几乎用尽他们所有的努力去生存，艰苦的条件使他们无法获得文化知识。如果一直是这样，我们期待今后在更拥挤的人群里有什么未来呢？我承认，我们有许多沮丧的劳动者，其状态是极其不利于心灵的教育的。当我们得知罪恶的根源时，这种说法失去了它的说服力。然后，我们明白，它将要到来了，不是来自外在的必要性，也不是来自不可抗拒的障碍，而是主要来自痛苦者本身的错误或无知。所以劳动者的心灵和品格的提升往往直接减少了，如果不删除邪恶的话。因此，这种提升的支持来自于它所极力反对的。为了证实这些观点，请允许我提及许多劳动者抑郁的原因，据说这是表明劳动及自我完善不能继续在一起的原因。

首先，有多少抑郁症是被追溯到放纵的根源上的？大量的时间、力量、金钱，可能获得众人的自我完善，通过严格的节制、廉价的补救措施，会治好很多无知和贫穷的家庭的主要罪恶。许多东西仍然浪费在希望提升人们的高度热情的精神世界里，我们应该活在一个新的世界里！酗酒不仅浪费了金钱，还浪费了健康和人的心灵。有多少人，他们能用水来代替他们所谓的适量饮酒，他们会惊讶地得知，他们已经生活在云里，半麻木地，意识到一种智慧的力量，这个是他们以前从来没有梦想过的！劳动使他们筋疲力尽，也需要更少的劳动去支持他们。工人阶级，高于所有的人，因为他们能够进行节制。他们应该把醉酒者当作他的种族的一般敌人，而且是他们最大的敌人。

其次，劳动者抑郁的原因有多少可以追溯到严格的经济的需要上？这个国家的繁荣已经产生了浪费，并且延伸到了劳动群众里。一个人，在这里，认为轻蔑的东西，在许多国家会被称为豪华。这的确很重要，所有阶级的生活标准应该是高的。也就是说，它应该包括舒适的生活，我们住房的整洁和秩序的良好，我们所需要的供给确保我们有健康的体魄。但是他们把赚的钱浪费在他们可以节省的放纵上，因此他们没有脱离黑暗的日子，并且总是在贫困化的边缘上生存。不必要花费太多的费用去进行自我提升。对较成功的劳动者来说，浪费经常干扰到他们的精神文化生活及家庭生活。他们当中有多少人做出了多少牺牲来提升品位呢？牺牲了多少来展示爱，渴望超过其他人，以及习惯性的花费去满足这种永不满足的激情！在一个像我们这样如此兴旺和繁荣的国家里，劳动者处于满足人为需要和病态品位的危险之中，并且为了满足这些，自己不停地积累，为了食物出卖了自己的心灵。我们无与伦比的繁荣里孕育着腐朽，它已经点燃贪婪，已经患上了无限成功的梦想的想象力这种疾病，让广大群众进入过度辛劳、狂热的竞争和疲惫的欲望当中。一名劳动者，已经获得了整洁的房子、有益健康的食物，就不应该再要求什么了。而应该尊崇自己的休闲时间，节省开支，把它们花到自己和家人的文化上、最好的书籍上、最好的教育上、愉快和有利的交往上，以及同情和控制人性、自然界和艺术的美丽的享受上。不幸的是，劳动者一旦富有，就急于模仿富人，而不是试图超越他自己，这势必会付出昂贵的代价。特别是年轻人、学徒和家庭女性，他们追赶时尚的品位，在这上面牺牲了太多他们的正直和自我改善的精神，这注定了他们的无知。这是不治之症吗？人的本性通常是牺牲于外在的装饰吗？外在的总是能战胜内在的吗？情绪的高贵从来没有涌现在我们心中吗？改革不能从劳动阶级里开始，因为它似乎看起来在这个繁荣里面充满着绝望吗？劳动者的条件要求他们有简单的习惯和品位，他们应该反对华丽的服饰，对于华丽服饰的热爱会驱散和腐蚀了许多富人的心灵吗？劳动阶级应该拒绝用外在的成功来判断一个人，全然蔑视建立于外在的表现或条件上的所有伪装吗？当然我确信，他们习惯简单的衣服和生活的简朴，为的是他们自己真实的提升，他们会有所超越，在智慧上、在品味上、在光荣的品质上、在目前的享受上，大部分成功者变得放纵或奴役于虚张声势。通过这种自我否定，会使劳动的负担减轻，有更多的时间和力量用于提升自己。

不少劳动者的低迷状态的另一个原因，我相信，是他们对健康主题的无知。健康是工作者的财富，他们应该把它视为比资本更大的投资。健康减轻了身体和心灵的努力，它使一个人能在短期内进行大量的工作，没有健康，几乎得不到什么，只会缓慢地、吃力地辛劳。基于这些原因，我不能，把它看作一个好兆头，媒体让我们去看一些廉价的作品，在这些作品中，有用的知识让位于结构、功能及人体的规律。一旦让人民群众在自己的框架指导下，让他们清楚知道疾病不是偶然的，而是有固定的原因的，其中有许多他们能够避免，大量的痛苦、希望和随之而来的智慧抑郁症将被消除——我希望我不会被认为离题太远。我补充的下一个话题是，社会的大部分人对这些观点更加开明，他们会运用自己的知识，不仅是为了他们的私人生活习惯，而是为了城市的政府，坚持有利于全身健康的市政法规。这是他们欠自己的。他们应该需要系统的措施来有效地清洁城市，供应纯净的水，通过公共开支或是由私人公司支出费用，并禁止建筑物滋生疾病。多么可悲的想法是，在这个大都市里，上帝对鸟兽空气、光明和水的祝福应该给予更多的家庭，但却遭到玷污，而且混合了杂质，这是种伤害而不能让这个框架充满生机。欧洲和美国最伟大的城市有什么颜面来吹嘘他们的文明？在他们的极限范围内，成千上万的人极度渴望上帝最自由、最豪华的恩赐。

在这个城市里，因为缺少光明、自由的空气和纯净的水，以及去除污物的手段，有多少健康者死在酒窖或不通风的房间里。我们受法律禁止在市场上销售腐烂的肉。我们为什么不禁止租用这样的房间？在这样的房间里，腐烂、潮湿和毒害的气体随着最差的食物的腐败而出现。难道人们不了解他们在这样的窝点里被污染的肉类和蔬菜腐烂毒害了？不应该租用不可租的房间，大量的人挤入这样单独的一个房间一定会滋生疾病，并可能感染邻居，这应该像禁止进口瘟疫一样被禁止。我在这一点上扩充了许多，因为我深信道德、礼仪、体面、自尊和智慧的提高，以及整个民族的健康和身体的舒适，依赖于外在的环境，也更在于他们居住的房子的质量。现在所说的苦难的补救措施在于人本身。劳动人民必须要求城市的健康应为市政的首要目标，只有这样做，他们才能一起保护身体和心灵。

我会提到的许多劳动者的低迷状况的另一个原因，那就是懒惰，"罪过最容易缠累我们"。有多少种人，懒洋洋地和不情愿地工作，工作一小时却浪费很多小时，从应该激发他们的困难里退缩，让他们自己贫穷，因而注定让他们的家庭无知，以及贫穷！

在这些言论里，我一直在努力证明劳动阶级的提升的最大障碍是自己，因此许多困难有待克服。他们不需要什么，除了意志。外在的困难应在他们面前收缩并消失，只要他们努力去进步，尽量提升自己的伟大思想应占据他们头脑中的大部分领域。我知道很多人会嘲笑这个建议，劳动者可以厉行勤俭节约和克制自我，为了成为一个更高尚的人。但是这样的怀疑，没有经历过一个伟大的想法或为人大方的事情，是不能对他人进行评判的。他们可以放心，然而，热情不完全是个梦想，对于个体或者群体获得某种比他们过去的成就更好的想法和更鼓舞人心的想法是完全自然的。

现在已经阐明了劳动者的提升，调查了反对它的意见，我继续阐述。在最后这个地方，要考虑一些这个时代鼓励人民群众希望进步的情况。我的极限只能让我局限在少数上——而且，首先，这是一个令人鼓舞的情况，即对劳动的尊重越来越多，或者说，旧的对手工劳作者的偏见，贬低一个人或者把他放在一个较低的范围内的情况，逐渐消失了。而这种变化的原因是充满希望的，因为它是在智力、基督教和自由的进步中发现的，所有这些都针对不同阶层之间建立的旧的障碍，他们同情和关心那些承受最大负担的人，并为此创造最舒适的社会生活。其中我所讲的劳动的蔑视是以前旧贵族的偏见的遗留，不是以前提倡的绅士风度，这种遗留必须与其他偏见一起消亡。其结果一定是幸福的。一个阶级的人如果不被周围的人尊重，就很难尊重自己。一个社会底层的职业将会使那些从事该职业的人有低人一等的想法。那么，这就是体力劳动中一些不好的想法。一个有宗教信仰的人对这样的想法会感到震惊，上天对广大人类赋予的职业对于任何人甚至是最高级的人来说应该是不值得的。的确，如果有一种不能免除的职业，然而从事它很可能被视为低级，我应该说它应该被整个种族来分担，因而受到极端分工而瓦解了，而不是区分了。它作为唯一的职业，要分给一个人或少数几个人。不要让任何人因为国家的外在繁荣而精神分裂或被践踏在其脚下。到目前为止，体力劳动与精神文化的手段真正结合的时候，就能比任何职业有更健全的判断、更加敏锐的观察和更创造性的想象力，以及更纯净的味道。人类考虑少数，上天考虑大多数。而最后会发现这是很多人能够获得进步的最有效的方法。

时代的另一个令人鼓舞的情况是它创造了通俗文学，他们希望在该分支范围内能够利用知识的手段来培养劳动阶级。在每天为了纯娱乐发行的大量卷宗中，有一些书籍在所有部门里有巨大的价值，它是为了广大读者的利益而发行的。不可估量的真理向所有下定决心思考和学习的人开放。文学现在使自己适应一切的需要。我毫不怀疑为了劳动阶级的特殊利益，它的一个新的形式将很快出现。它将有自己的对象，以显示各种实用技艺的进步，保存它们的伟大发明者的记忆——这些人通过伟大的发明给世界带来了恩惠。每个行业在它的历史上都有其卓越的名字。一些行业可以记录历史，通过那些从事该行业的人，如哲学家、诗人、真正的天才人物。我想对这个协会的成员说是否这个课程的讲座是旨在说明更重要行业的历史，以及他们对社会赋予的伟大祝福，还有提拔他们的杰出的个人。这样的课程将把他们带到遥远的过去，将开放给他们很多有趣的信息，并同时向他们介绍为他们塑造榜样的人。我将会进一步叙述。我应该很高兴地看到一个重要的行业里的成员们留出时间，在一周年之际来纪念那些为他们的美德、他们的发现、他们的天才增加了光彩的人物。是时候，把荣誉颁给判断过去时代的更高原则的人了。当然，纸的发明者、指南针的发现者、把蒸汽的力量应用于机械的人，比血腥的种族征服者或乐善好施者，背负更多的债务。古代把最初的小麦种植者和有用植物的种植者奉为神灵，以及最初的金属锻造者。我们，在这个世界的成熟的时代里，用美誉来记录有用的艺术，让历史永远记住这些艺术，并为后人燃起效仿的烈火。

另一种情况是，鼓励劳动阶级进步的希望，更公平的观点认为，他们开始考虑到子女的教育。的确，我们对所有阶级的希望必须建立在此基础上。所有的提升主要通过关心下一代而推行。就像我有时贸然说的，除了年轻人没有什么可以改进。人类活到 30 岁或 50 岁，不该觉得好像生活之门就在他们面前关闭了。每个人都渴望他的劳动不会白费，活到老学到老。世界，从我们刚出生到我们生命的最后时刻，都是我们的学校，整个人生只有一个伟大的目的——教育。

孩子，如果至今仍未腐败、思想未硬化，他们就是最有希望的主题。我相信，以后为孩子做得比以往任何时候都要多。我们要向他们逐渐传播简单的道理。人们可能会认为，朴素的真理过于简单，不用解释，然而到了今天仍然被忽视了，也就是说，教育是一个骗局、欺骗，除非能被一位高尚的、多才多艺的教师进行。教师的职业尊严也开始被理解。这个想法让我们明白没有什么可以在严肃性和重要性上与教育孩子相比。哪个技能教给年轻人以活力、真理和美德？比所有其他艺术和科学知识更有价值？后果是，鼓励优秀教师是社会的第一职责。我说真理已经来临，并且一路向前。所有阶级的孩子的教育，尤其是劳动阶级，不能轻易地交给没有准备好的、没有技能的人手里，当然还有学校。一般来说，学校仅仅是个名字而已。一个学校的整体价值就在于教师。你可以为教育积累最昂贵的设备，但是如果没有一个知识分子、有天赋的老师，它不比垃圾好一点。而这样的老师，即使没有设备，也可能会带来最幸福的结果。我们的大学自夸它的图书馆有怎样的设备，但这些都是死气沉沉、无利可图的，除非被人行之有效地使用了。一些名人，能熟练地理解、达成、加快学生的理解，这对学校或学生来说是很有帮助的。我这样说，是因为人们普遍认为劳动阶级的子女不可造就，因为他们的父母无力为他们提供各种书籍和其他设备。

但在教育里，各种书籍和工具都不是伟大的先决条件，教师才是。事实上，教育的目的不是要给予学生一定的知识，而是要唤醒感官，教给学生使用自己的头脑。一本书如果能教给一个人如何完成这些目标，比图书馆里的常读的书值得读。年轻时，没有必要教那么多，但是应该教点哲学、深刻的东西和如何生活。例如，没有必要让学生学习从古到今的世界历史。帮他明智地读一段历史，把历史事件的原则应用到它的事实里，追踪事件的原因和影响，深入到行为的动机，观察人类活动的本性，公正地判断行为和品格，同情高尚的东西，以我们自己不同的形式来探究时代精神，抓住包含在细节里的伟大真理。因此让他学会单独阅读一段历史，他就已经学会了阅读所有的历史。他为学习做好了准备，如果在将来的生活里他有时间，他会学习整个人类活动的全过程。他从这本书里受到了良好的教育，比他用所有的语言、学习所有的历史要好。劳动者的孩子的教育不需要渴望各种书籍和设备。越多可能对他们有益，但是足够就可以了。

我们要的是这样一类老师，他们熟悉心灵哲学，有才华，尊重孩子的人性，愿意触及和呈现他们最好的力量和同情。他们愿意致力于生命的最终目的。我相信，我想要的将要到来，但是会来得很慢。标准学校的成立表明人们开始意识教育的重要性了，这需要教育被视为是社会的最高利益和职责。它需要学校把教育学生放在首位，而不是赚钱，时尚的女士应该落后于女教师；需要父母尽可能地帮助和指导他们的孩子，而不是炫耀财富。这些必须要求教育者对教育有真正的兴趣。但是好的动机一定会让位于外部环境，教育的手段在很大程度上取决于对社会中老师的尊重。

令人高兴的是，在这个国家里，教育的真实思想及其本质和至高无上的重要性，默默地在起作用，并获得重视。我们可以回首半个多世纪以来，已经看到了学校和教育标准的巨大提高。应该鼓励这个国家里的这种运动，没有什么比劳动阶级的智慧提升更重要，但是春天必须是孩子的，思维公平和强烈的艺术是在早年形成的；对于这种准备，未来生活的条件本身就会促进这种改进。它是自由制度不可估量的好处之一，他们不断促进智力的提升。他们以快速连续的方式，提供了思考和讨论的主题。全体人民在同一时刻开始反思、理性思考、进行判断、着力解决深层的事物和普遍关心的问题。在思想的能力已经获得智慧文化的地方，智慧，不知不觉中，几乎成为不可抗拒的，永保活力的秘方。心灵，就像身体一样，依靠它生活的气候，依靠它呼吸的空气。自由的空气是令人振奋的、令人兴奋的，在一定程度上，它不属于专制的梦想。然而，自由的这种刺激，用处很小，除非心灵已经学会了通过思考获得真理，否则一无是处。

最后希望劳动者提升的原因，最主要的和最持久的是基督教的原则的更清晰的发展。这个宗教的未来影响不是从过去来判断的，到这个时候它已成为一个政治的发动机，并以其他方式歪曲了。但其真正的精神——博爱和自由的精神，正开始被理解。基督教是现代文明的可怕罪恶的唯一有效的补救，它教导其成员掌握一切，并超越大家，作为人生的一大目标。这样一个文明的自然成果就是：蔑视他人权利、欺诈、压迫、在贸易中的赌博的精神、鲁莽的冒险和商业动乱，所有这些会使劳动者变得贫穷，致使每种环境变得不安全。救济只能来自于基督教原则的新的应用，获得普遍正义和博爱，以及对社会机构、商业、企业和积极生活的重新理解。此应用已经开始，劳动者超越上面所有的人，开始感觉到它的快乐的和振奋人心的影响。

这些条件激发了劳动阶级提升的希望。这些可能会鼓励其他充分的理由在人性的原则里被发现，在神的天生丽质和天意里被发现。但是我把这些略了过来。从这里我得出了对所有人的强烈的希望。我不能明白，为什么手工劳作和自我完善不会继续友好地结合。我不明白，为什么劳动者不可以获得精致的生活习惯和礼仪，像其他人一样。我不明白，为什么他的谦逊的屋檐下的谈话不会得到机智的欢呼和尊崇。我不明白，为什么在他的辛勤劳作中，他不会把他的眼睛投向他身边的神的荣耀创造，并得以强化和恢复。我不明白，为什么提升人性的伟大思想——那些完美的思想，我们对神的亲近，我们人类的目的——不会生机勃勃地出现在劳动者的心灵中。社会，我相信，正趋于一个状态，回头看你将倍感吃惊，对现在却忽视和曲解了人的权力。在发展扩大慈善事业中，基督教传播的兄弟关系的精神中，承认每个人的平等权利之中，我们有一个更好的时代的曙光和希望，此时没有人将被剥夺获得提升的方式，除了他自己的过错。当邪恶的教义，称得上魔王，用社会秩序压制大部分人，将被恐惧和轻蔑拒绝；当社会的伟大目标是积累手段和影响，用于唤醒和扩大所有阶级的最好的权力；对身体的消耗比较少，对心灵的消耗比较多；人类教育他们种族的不同寻常的才能可以照亮和强化人类生活的每个领域；宽敞的图书馆、精美艺术品的收集、自然历史的橱柜，以及所有机构，通过这些让人们变得优雅和高贵，并不断进行改革和对所有人开放；由于有了这些巨大的影响，人类会得到进一步发展。

这些就是我对劳动阶级的智力、道德、宗教、社会提升的希望。然而，我不应该过于自信，我没有时间补充这一点，但我有希望也有恐惧。可如果我不详述它的话，我又无法让你们了解全部的真相。我不会对自己或他人隐瞒，我们所处的人类世界的真实面目。人类的不完美影响对未来的不确定性。社会，就像自然界，也有它的可怕的元素存在。谁能想到已在过去时代呼啸的风暴花光了所有的力量了吗？可能是劳动阶级，他们的鲁莽、他们的热情、他们对更繁荣的嫉妒、他们对政党和政治领导人的屈从，可以把自己的一切美好前景变成一片黑暗，可以消灭慈善事业珍视的更快乐、更神圣的社会状态的希望。也有可能，在这个事物的神秘的状态里，邪恶向他们走来。现在的焦虑和普遍的愿望是使国家富裕，它是想当然地认为其财富增长必然对所有条件有益。但是这个结果确定吗？可能一个国家变得富有，然而很多人却非常沮丧了呢？在英国，天下最富有的国家，农民阶级和工人阶级却处于绝望中。原以为，这个国家的机构给予保证，越来越多的财富将在这里平等受益并改善社会的所有部分。我希望如此，但我不能肯定。

目前一个重大变化正在我们周围发生。轮船航行的改善差不多消灭了欧洲和美国之间的距离，并且通过发明的进步两大洲越来越接近了。我们高兴地欢呼技术的这一胜利。我们期待着即将到来的春天，这个大都市通过一个蒸汽船与英格兰连接在一起，这是我们历史上自豪的时代。工厂会得到迅速发展，我们的财富会增加，这是毫无争议的事。但是这些都是小事。一个大问题是，广大人民群众的生活会永远变得更加舒适吗？并且，智力和性格，最高的力量和情感的文化业会不断提高吗？这个增长是不够的，如果我们的增长类似于其他人口众多的地方。在任何伟大的城市的进行中，无论是现在还是过去，我们可能继续得更好，也可能下降得更快。我毫不怀疑，欧洲和美国的接近最终成为一个对两者的祝福。但如果我们不多加警惕，越近的影响可能或多或少是灾难性的。毫无疑问，一时间我们中很多人，越来越多地受到国外的影响，追赶旧世界的更多的精神和礼仪。作为一个种族，我们希望道德的独立。我们屈服于其他国家的"伟大"，在我们的模仿下，我们将在一段时间内变得越来越奴性。但是这一点虽然坏，却可能不是最坏的结果。我要问，将欧洲的劳动阶级与我们之间的距离拉近两倍，会有什么效果呢？是不是就没有了压制劳动阶级的竞争，也就不存在危险了呢？这里的工人站在自己的立场不反对欧洲的半饥饿的工人，就是无知的工人了呢？那些工人会为工资不辞任何辛苦，从来没有拿出一个小时来考虑个人的提升吗？随着与欧洲的交往，我们将进行惊人的、可怕的对比，把一个民族分成不同的国家。

不久我们的劳动阶级应该变成欧洲的民众。因此，稍有明智的都希望，来一场飓风把每艘船舶吹走，应该完全断绝两个半球的交往。为了预期的利益，上天保佑我们和临近的欧洲进行联系，如果这些退化一定要来的话，我们一定会看到或解读到伟大的城市之间的肮脏可怜，迫使城市的制造者们的过度劳累操作，成为无知和半野蛮的农民。每一件事情都应该去做，这样才能拯救我们脱离旧世界的社会丑恶现象，改革旧世界，并在这里建立了一个智能的、正直的、有自尊心的人群。如果这个最终目的需要我们改变现在的生活模式，拉近我们同外国的联系，停止与欧洲的商业和制造业的竞争比赛，它应该要求我们的伟大的城市停止生长，而我们的大部分贸易人口应该返回到劳动力上，这些要求应该被遵守。有一件事很简单，我们现在的文明包含了强大的倾向，压制了大部分社会的智慧和道德。而我们应该思考、学习、观察、经受住这种影响。

也许现在表现出担忧是毫无根据的。我不要求你们接受他们。我的目的将会达成，如果我可以引领你们习惯性地、热情地学习劳动阶级的性质和条件的变化及其措施的影响。没有其他的主题比这个会让你们更频繁地思考。你们中许多人自己忙于其他的问题，比如总统的下一次选举的可能结果，或这个政党那个政党的前景。但这些都是微不足道的，与伟大的问题相比，这里的劳动阶级是否渴望无知或者欧洲较低阶级的压迫，或者他们是否能够保证自己获得智力和道德进步的手段才是重要的。你被骗了，你错了，当政客们用他们自私的目的吸引了你，让你远离这个伟大的问题，让你的想法放在了这一点上。从当前的演讲你们继续前进、一起讨论吧！当独处的时候研究下它，将你最好的脑袋用在这个问题上，并将此种好处给予那些可能来找你的人。

在这些讲座里，我已经表达了对社会的劳动部分有浓厚的兴趣。但我没有偏袒他们，认为他们仅仅是劳动者。我的心灵为他们所吸引，是因为他们占人类的大多数。我的极大兴趣是有关人类本性，在于工人阶级及其最大多数的代表。对于那些轻蔑或完全不信任这个性质的人来说，语言可能仅仅是一种形式，或者可被解释为想象和感觉的一种标志。没有问题。我可以收回对这些怀疑论者的怜悯。他们对我的轻信不能超过那个悲伤的惊讶，我惊讶地看到了他们对他们种族的命运的冷漠。尽管他们给予怀疑和嘲笑，人性对我来说仍然是最珍贵的。我希望并确定社会会进步。但说这句话时，我知道会遇到马上到来的危险。我确信那乌云和毁坏性的风暴，现在正在世界各地云集。当我们回顾人类的神秘历史，我们看到，革命作为横扫时代混乱的方式，使人类得到目前的改善。这种革命是否将来到我们自己的时代，我不知道。不过我希望，它不会像古罗马的文明那样在血液里被熄灭。我相信时代的作品不被暴力、劫掠和吞噬一切的剑所贬低。我相信现有的社会状态包含它的繁荣的东西尚未展开。我相信一个更光明的未来即将到来，而不是来自荒凉，我相信它会循序渐进地来，是目前的良性变化。在这些变化中，我寻找拯救当代社会的途径，一个最主要的就是劳动阶级的智力和道德的提升。改革和加快社会进步的冲动很可能马上到来，不是从明显的阶层中来，而是从隐藏中的阶级中来。在这些当中，我欣喜地看到了一些新的需求和原则。让已经获得的胜利给予我们勇气；让我们不要怀疑人性的伟大仍然受到朋友们的注视和关心。

在讲座的第三部分里，一些时代的鼓舞人心的情况得到论述，我可能会谈及这个大都市里的劳动者所享受的进步的突出优势和手段。我们相信，在这个世界的其他城市里无法找到劳动阶级得到的那么多的改善，拥有的那么多的东西，享受着那么多的照顾，施加了那么多的影响。如果我继续这个题目，我应该按照人们通常希望的那样做；我应该把我们城市的义务告诉我出色的朋友——已故的詹姆斯塞姆先生，以及孜孜不倦的努力的两个不可估量的机构——慈善金储蓄机构和小学；前者给劳动者适当的方式和手段使他们脱离了时代的压力，而后者让他们的孩子从很小就获得了教育。小学与文法学校和高中的统一组成了无与伦比的公立教育系统，我们相信，在任何国家都一样。我很难想到任何其他个人比我们城市的塞姆先生做得更多。在我所命名的一个教育机构中，他通过已故的以利沙·蒂克纳先生加入并进行了大力协助，他的名字应该被慈善机构和小学所记住。这些讲座的主题让我心里有了个建立一个学术机构的计划，就是用蒂克纳先生的名义，教授农业和机械学艺术。他认为，一个男孩可能成为一个彻底的农民，无论是在理论和实践上，并可能同时学到一门手艺，在这两个熟练的职业上，他会变便得更为有用，更加有机会获得舒适的生存的机会。我对这个计划很感兴趣，并且蒂克纳先生的真正智慧使我相信它一定会实现。

埃德加·爱伦·坡

引入语

　　埃德加·爱伦·坡（1809 年～1849 年）生于波士顿，他的父母都是演员，在其年纪尚幼的时候相继去世。爱伦·坡被一位弗吉尼亚的绅士约翰·爱伦先生所收养，他将爱伦·坡送进了新英格兰的学校学习了五年，并最终送他进入了弗吉尼亚大学。爱伦·坡在那里学习的时间很短，在发现自己不喜欢商业并出版了一卷诗集后，他应募进了军队。爱伦先生让他离开军队并把他安排进了西点军校，但他最终被学校开除。此后他通过写作和编辑报刊先后在巴尔的摩、里士满、费城和纽约维持自己勉强糊口的生活。1835 年，爱伦·坡与 13 岁的表妹维吉尼亚·克莱姆在巴尔的摩结婚。1845 年，他非凡的诗歌《乌鸦》的出版使他名声大噪。在很短的时间里他成了一个文学名士。但在 1847 年他的妻子去世后，他剩余的两年生命就开始逐渐地衰落。

　　爱伦·坡的作品分为三个部分：诗歌、小说和文学评论。诗歌主要以令人惊奇的技巧而著称，其令人难以忘怀的节奏和精心研究的元音、辅音的运用被用来以最少的思想表明气氛和情绪。在小说的写作上，爱伦·坡是怪异故事的大师，没有其他作家能在以超自然的和可怕的暗示震动读者神经的能力上超越他。在这些故事中，如同在诗歌中一样，他表现出了形式上的非凡意义，他的效果不仅仅是通过狂暴的耸人听闻的侵蚀产生的，而且是通过对读者想象的敏感性精心计算的袭击实现的。

　　在文学评论中，爱伦·坡如果不是一个有学者风度的作家，也至少是一位有激励性和启发性的作者，有良好的听觉和在他领域里敏锐的洞察力。他关于《诗歌的原理》的文章是他诗意信仰的告白。他澄清和辩解了他的诗歌的构思。这种构思排除了许多伟大的韵律，但正如由大量由他创作的受欢迎的诗歌实例所阐明的那样，依次使人理解了一些诗歌的基本要素。值得注意的是，没有其他美国作家像爱伦·坡那样似乎享有如此巨大的来自欧洲的关注。

诗歌的原理

　　在谈到诗的原则上，我没有打算谈得那么彻底或深刻。在讨论时我们很随意地提到诗的必要性，我的主要目的是要举一些值得考虑的那几个小的英国或美国诗，它们非常适合我自己的口味，或者说它们给我留下了最深刻的印象，这都基于我自己的幻想。说"小诗集"，我的意思是，当然是不长的诗。在开始前，允许我说一个有些奇特的原则，无论是正当还是不正当，一直影响了我自己对诗的重要估计。我认为，长诗不该存在。我认为"长诗"，在术语上简直是个矛盾词。

我几乎不用观察就知道，一首诗配得上它的标题只是因为它激发了或者提升了灵魂。这首诗的价值与它提升的兴奋成正比。但是所有的兴奋是通过精神必要性转瞬即逝的。兴奋的那种程度将赋予一首诗所谓的一切，不能维持在整个长度的作品中。半小时之后，至多是这样，它就会变弱了——衰退了——一个厌恶随之而来——然后这首诗，实际上，不再是那样了。

《失乐园》整篇都受到人们的赞赏，这是有权威性定论的。可读者却没办法在阅读时一直保持兴奋度。伟大的著作，实际上被视为富有诗意的，只有当我们忽视了至关重要的艺术品的必备条件、它的统一性时，我们才仅仅把它看作是一连串的小规模的诗。如果，保持了它的统一性，它的整体效果或印象——我们一次就读完它（如果是必要的），其结果不过是兴奋和抑郁的不断交替。在我们感觉一篇文章是一首真正的诗之后，接下来，不可避免地，会有一段老生常谈，不需要我们强迫自己去羡慕重要的预判。但是，一读完这本著作，我们再次读它，这次可略去第一卷（也就是说，从第二卷开始），我们将吃惊地发现令人钦佩的是我们之前谴责的——我们先前认为可恶的，现在是那么令人景仰。接下来，就有了最好的史诗的最终的、总体的或者完全的效果——而这恰恰是事实。

关于《伊利亚特》，即使没有绝对证据，至少有很好的理由相信它是由一系列的词组成。但是从内涵来看，我只能说，这部作品的艺术感还有不完美处。现代史诗具有迷信的古代模式，是一种轻率和盲目的模仿。但这些艺术异常的日子结束了。如果在现实中，有一首长诗流行——那么我也会说——以后长诗不会再流行。

其他条件不变，一首诗的长度就是衡量它价值的标准。这看上去像一个足够荒谬的命题——但我们要感谢《评论季刊》的揭示。

一座山，可以肯定，通过它的物理量大小传达它的情感，因为其崇高而给我们留下深刻印象——但是人类是不通过这个给我们留下深刻印象的。即使是季刊也没有教育我们因此而印象深刻。到目前为止，他们没有坚持让我们用立方英尺来估计拉马丁，或者用英镑估算波洛克——我们通过他们持续的唠叨推断出他们的"持续的努力"。如果通过"持续的努力"，任何一个小绅士完成了史诗，让我们坦率地赞扬他的努力——假设这确实是一个值得称道的东西——让我们克制赞美史诗。我们希望在未来的日子，可以通过作品的艺术性及其影响来判断优劣，而不是创作时间或"持续的努力"。事实是，毅力是一回事，天才是另一回事。有基督教的季刊也不能混淆他们。渐渐地，这个命题，会得到认可。与此同时，我的建议会被指责为谬论，但作为真理，它们不会被损坏。

在另一方面，很显然，一首诗因为简短而显得不当。过分简洁就会沦为单纯的警句。很短的诗，时不时地产生一个辉煌的或生动的、从来没有产生深刻的或是持久的效果。我们必须不断地把图章压到蜡剂上。贝朗杰已经创作了无数的诗，却没能让公众有深刻印象，就像许多花哨的羽毛，被吹得很高，但最后还是随风而落了。

诗过分简洁就会削弱它要表达的效果，这里有一个著名的例子——《小夜曲》——一首不太受欢迎的诗：

> 我从梦见你的梦中醒来，
> 在第一个甜美的睡梦中，
> 当寒风低吹，
> 星星在闪闪发光；
> 我脚下的精灵，
> 带我——谁知道如何——

到你房间的窗口，多么甜蜜！

它们消失在游荡的空气中，
在黑暗里，无声的细流中；
香木气味衰退了，
像梦中甜蜜的思绪；
夜莺的控诉，
存在它的心中，
正如我在你的怀中，
哦，像你的艺术品一样被你所爱！

哦，让我从草丛里升起！
我死去！我模糊！我衰退！
让爱像雨一样从天而降，
我的嘴唇和眼睑变得苍白。
我的脸颊是冰冷的和灰白色的，唉！
我的心脏大声且快速地跳动；
哦！它再次让你产生自己的感觉，在那里最后它会破裂！

也许，很少有人熟悉这些诗句——但是它的作者是大名鼎鼎的诗人雪莱。温暖的又不失细腻的和空灵的想象力会受到大家的赞赏。但没有人能如此彻底地像他一样，从甜美的心爱的人的梦中醒来，沐浴着南部仲夏夜的芳香空气。

威利斯的一首最优秀的诗——在我看来，是他曾写过的最好的——因为有着类似的过度的简洁的缺陷，使它没有表达出应有的情感：

黑影绵延着百老汇，

它接近了黄昏，

慢慢地有一个仙女，

高傲地行走着。

她独自地行走；但是，没有看见，

精灵都走在她的身边。

从容让她脚下的街道充满魅力，

荣誉让空气充满魅力；

所有这一切让她看起来那么友善，

像她所称的仙女一样美好；

对于神给予她的一切，

她细心地照顾着。

她很少关心她的美貌，

与她的追求者保持一定的距离；

因为她的心里只有财富

而富人还没来到她眼前；

但是沿街卖笑也受人尊敬。

现在，又有一个仙女走来，

苗条的女孩，百合的苍白；

她身边也有看不见的精灵，

精灵也让她沿街卖笑；

在希望和轻蔑中，她不知如何选择，

也没有人帮助她。

现在她的额头紧锁，

她为这个世界和平祈祷；

因为，爱的狂野祈祷溶解在空气中，

她的女人之心失去了；

虽然天堂的基督原谅了她的罪过，

但人类总是诅咒她！

在这篇作品中，我们发现很难识别出这是威利斯的作品，他写了那么多纯粹的"社会的诗句"。诗词不仅包含丰富的理想，而且还表现得精力充沛，这些诗带有诚挚的感情——明显的真心诚意——通过作者的其他作品我们也能看到。而史诗的狂热——思想——诗歌提倡的理念是不可缺少的——多年过去了，逐渐从公众心里消失了，这是它自身的荒谬的结果。我曾心照不宣地或公然地，直接地或间接地说过，所有诗歌的终极目标是探究真理。每一首诗，有人说，应该灌输一种道德，并通过这种道德来判定作品的诗意优点。美国人，拥有这种想法；波士顿人，把它发展到极致。我们认为写诗就是为了诗歌本身的缘故，承认这样就是我们的设计，承认自己根本就是想表达真正的诗意的尊严和力量。但事实是，我们会允许自己研究自己的灵魂，我们应该立刻发现，在阳光下既不存在也不可能存在任何更有尊严的、更无比高贵的东西，这首诗只是一首诗，仅此而已。

对真理的敬畏如此之深，如同在一个人内心深处激发的那样，我不会限制它的表现形式，但我会在一定程度上谨慎使用，而不会滥用。真理对语言的要求是严格的。诗歌要表现的正是与真理不相干的东西。如果真理带着宝石和鲜花，那真理就会变成炫耀。要使真理得到人心，我们需要严肃性，而不是语言的华丽。我们写诗必须简单、准确、简洁，我们一定要冷静、镇定、平静。总之，我们必须在这种情绪里，尽可能与诗意的境界相反。他一定是盲目的，如果他不能察觉到真理和诗歌的表现形式有着激进的和深刻的差异。

他一定是理论主义的，如果他仍然坚持试图调和诗和真理的油和水之间的关系。

把心灵的世界分成三个显而易见的类别，我们就拥有了纯智力、品位和道德感。我把品位放在中间，因为它仅仅是在心灵上占据这个位置。它与两个极端拥有亲密的关系，但是从道德意义上来说，区别很小，以至于亚里士多德毫不犹豫地把品位的某些作用放置在美德本身之间。然而，我们发现这三者的目的有足够的区别。正如理智关注的是真理，所以品位告诉我们什么是美丽的，而道德感则是关于责任的。良心教给我们义务，理性教给我们权宜之计，品位用魅力让自己得到满足。邪恶造成残缺——它仇视一切和谐的事物——一句话，邪恶在仇视品位。

人的精神深处，有一个不朽的本能，就是对美丽的感觉。它让感受美的人把他的喜悦寄托在多种多样的形式上，包括声音、气味和情感上，它因此而存在。正如百合倒映在湖中，或女牧羊人的眼睛在镜子里，诗歌用语言或文字再现了声音、颜色、气味及情感，它就是快乐源泉的副本。但是，仅有这种再现也不是诗歌。如果一个人只是用诗来再现它们，不管感情多么热烈，不管描写多么动人，我认为他都不能称得上是神圣的诗人的称号。更深处还有一些东西他无法碰触到。我们仍然渴望一个难以抑制的水晶温泉，这种渴望属于人类的不朽愿望。它是蛾对光亮的渴望。这并非仅仅是欣赏摆在我们面前的美，而且是努力获得上述的美。通过欣喜若狂的先见之明的启发，我们努力，通过时间的思考和事物之间的多种形式的组合，实现了一部分的美，美的元素也恰恰是属于永恒本身。这就是通过诗歌——或者通过音乐——我们发现自己因为过度高兴而流出眼泪，但是我们无法把握现在的急躁的悲伤。在地球上，我们无力完全把持神圣的喜悦，而只能通过诗歌或音乐对它们一瞥。

一些人努力去理解超凡魅力——这种努力，构成了灵魂的一部分——已经给予了世界，世界理解到了，并且感受到了诗意。

诗意，当然，可以发展自己的各种模式——在绘画上、雕塑上、建筑上、舞蹈上——尤其是在音乐里——以及独特的和广泛的领域里，它可以组成风景园林。然而，我们现在的主题，只考虑用语言展示出来。在这里，让我简要地谈一下节奏的主题。用特定的音乐让自己满足，用它的各种格律、节奏和韵律的模式让自己满足，诗歌的美妙时刻让人无法拒绝——这是如此重要的辅助手段，拒绝诗歌的协助那他简直就是傻——我现在坚持认为音乐在诗歌创作中的必要性。正是在音乐里，灵魂得到了伟大的启发，当它受到诗意的激发，它就努力创造出超凡美感。毫无疑问，在通常意义上来说，诗与音乐的结合，是诗歌发展的最广泛的领域。吟游诗人有我们不具备的优势——托马斯·莫尔，唱着自己的歌，用最合理的方式，使这些歌像诗一样完美。

简言之，将诗歌的字词作为美的韵律创造。诗的唯一仲裁者是品位。与智力和道德感只有附属的关系。除非出于偶然，它与职务或真理无关。

寥寥数语，重于解释。那种最纯粹的、最大的提升，最激烈的快乐，我坚持认为，是来自于对美丽的冥想。在对美丽的冥想之中，我们自己发现可能会获得快乐的提升，或者灵魂的兴奋，我们视其为诗歌的情感，它与真理很容易区别开，它是对理性的满足，或者来自于激情的满足，它是心灵的兴奋。然而它绝不是跟随着激情的刺激或职责的戒律，或者甚至是真理的教训而来。这些可能不会被引入一首诗中，并占有优势。因为它们可能以各种方式来帮助作品实现整体效果。但是真正的艺术家总是设法让它们屈从于美丽，美丽是诗歌的真正精髓。

接下来我向你们介绍几首诗，让你们有个参考。先看一下来朗费罗先生的《流浪儿》的对于"诗"的引文：

白天走了，黑暗来临，

从夜的翅膀里降临，

如鸿毛向下飘荡，

来自于飞行的鹰。

我看到村里的灯光，

透过雨和雾闪耀着微光，

一股悲伤的感觉向我袭来，

我的灵魂无法抗拒；

一股悲伤和思念的感觉，

那不是类似于疼痛的感觉，

而且，只类似于悲哀

就像雾类似于雨。

来，念给我一些诗，

一些简单的和衷心的叙事诗，

它将舒缓这种焦躁不安的感觉，

和放逐一天的思绪。

不是来自于老师的伟大，

不是来自于吟游诗人的崇高，

他们的脚步声遥遥回荡，

穿过时间的走廊。

因为，像军乐的节奏，

他们勇敢的思想表明，

人生需要无尽的辛劳和努力；

而到晚上，我渴望休息。

阅读一些谦卑诗人的作品，

他们的歌曲从他们的内心涌出，

如夏天的阵雨，

或始于眼睑的泪珠；

无论谁，通过一整天的劳动，

夜晚没有得到缓解，

仍然在灵魂深处倾听音乐，

那美妙的旋律。

这样的歌曲能够安抚，

躁动不安的冲动，

像祝福一样到来，

就像在祷告之后。

然后，阅读珍贵的卷宗，

你选择的诗，

借用了诗人的韵律，

而晚上应该充满音乐，

忧虑，涌现在白日里，

折叠起他们的帐篷，像阿拉伯人一样，

默默地离去。

　　没有广阔的想象，这些诗句仅仅理直气壮地表达了自己的精美。诗中的一些词语留给人深刻的印象——

　　吟游诗人的崇高，

　　他们的脚步声遥遥回荡，

穿过时间的走廊。

最后几句的想象也让人难以忘怀。这首诗就整体而言，之所以受到赞赏，是因为诗的漫不经心的格律与情感的品质，那么和谐一致，尤其整体风格是那么舒缓。这种"舒缓"，或者说是自然，在文学风格中长期以来被认为是很难实现的。但事实并非如此。只有循规蹈矩者才有自然的风格。也有人认为，每个人的创作风格应该是广大人类能够接受的，而这种看法是直觉写诗的必然结果。作者在运用《北美评论》的看法后，应该没有资格享有自然派诗人之称。

布莱恩特的一些小诗中，没有一首像他命名的《六月》一样让我那么印象深刻。我仅引用其中的一部分：

在那里，通过长长的、长长的夏日时光，
金色的光芒应该照耀，
而厚厚的成群的鲜花，
站在自己的美丽当中；
黄莺告诉你，
它的爱情故事，在我的小屋旁；
悠闲的蝴蝶，
应该在那里驻足，并且可以听到，
辛勤的蜜蜂和蜂鸟的歌唱。
如果在中午，欢快长啸，
村庄里会有什么出现？
或是女佣的歌曲，在月光下，
与童话般的笑声混合在一起？
如果在夜光里，

订了婚的恋人走到眼前，

我在低低地思念着什么？

可爱的场景围绕在周围，

可能知道没有更令人悲哀的景象或声音。

我知道，我再也见不到，

季节的辉煌表演，

灯火不再通明，

狂野的音乐不再流淌；

但是，如果在我长眠的地方，

我所爱的朋友在哭泣，

他们不会快速离去。

柔和的气氛、歌曲、光，以及鲜花，

应该让他们徘徊在我的坟墓周围。

他们安慰的心应该忍受，

曾经的思想又被提起，

谈起那个不能分享现场的欢乐的朋友

他已告别这所有的壮观景象

及夏天的山峦，

只剩下他绿色的坟墓；

他们的内心深处充满欢喜，

再次听到他的活泼的声音。

    这首诗里有节奏的流动，甚至是骄奢淫逸——没有什么比这更悠扬。这首诗以一个独特的方式一直影响着我——强烈的忧郁似乎涌上心头。诗人关于他的坟墓的快乐的谚语，都震撼着我们的灵魂，然而，在这种震颤中有最真实的诗意的提升，留给人们一个愉快的悲哀的印象。

如果在剩下的文章里，我介绍给大家的诗，有或多或少类似以上这首诗的相似的语气，请让我提醒你们（我也不知道原因），悲伤的这个情调与所有较高的真实的美丽是密不可分的。话虽如此——

悲伤和思念的感觉，

那不类似于疼痛，

而仅类似于悲哀，

就像雾类似于雨。

其中我讲的这种情调是明显可见的，即使在一首诗中也充满光辉和活力，就像爱德华·平克尼的《健康》——

我把这个杯里装满了酒，

献给一位女士，

她温柔性感，

看似典范；

对他们来说，她有婀娜多姿的体形

犹如和蔼的星星发出的

一种美丽的，像空气一样的光。

她的语调是音乐本身，

像清晨的鸟儿，

和一些超过旋律的东西，

曾经出现在她的语言里；

它们是她的心灵创造出来的，

而且从她的嘴唇里流露出来，

正如人们可能会看到的勤劳的蜜蜂，

从玫瑰里提出蜂蜜。

感情，是她的思想，

她时间的量度；

她的感情有芳香，

像鲜花的新鲜；

可爱的激情，经常变化，

她经常有，她呈现出

昔日女神的形象！

她明亮的脸，看一眼就会去追寻，

大脑里的图像，

她的声音在心中回荡，

声音会长久地存在；

但是记忆，我对她的记忆，

却令人爱恋，

当死亡临近的时候，我最新的叹息，

不会是对生活的，而是对她的。

我把这个杯里装满了酒，

献给一位女士，

她温柔性感，

看似典范；

祝她健康！但愿这个世界

还有像她这样的人。

平克尼先生的不幸是他出生在遥远的南方。如果他是新英格兰人，他很可能会被列为美国的一级抒情诗人。因为长期以来，一个小集团长期地控制着美国书信的命运，造就了所谓的《北美评论》。刚刚被提到诗歌特别优美，但是它所引起的诗意的提升，主要是指我们对诗人的共鸣。

但这些诗的优点我不再细说，因为这些都是不言而喻的。博卡利尼在《帕耳纳索斯山传闻》中讲了一个寓言：有一次，佐伊鲁斯请阿波罗看一篇自己关于一部诗的评论，阿波罗先让他讲讲那部诗的优点，可佐伊鲁斯只顾着说缺点。阿波罗就给了他一袋带着皮的麦子，叫他挑出全部秕糠作为奖赏。

现在，这个寓言很适合用于讽刺那些吹毛求疵的批评家，但我绝不确信上天是永远正确的，我也绝不确信关键职责的真正的限制被严重误解了。诗的优点，需要适当地解释，也需要诗证明自己不是那么的卓越。因此，评价一部艺术作品的特别，就是评价它们的全部，而不仅仅是优点。

在托马斯·穆尔的《旋律》中，一首诗的杰出的品质似乎被表达得淋漓尽致。我曾提到过他的诗句："来吧，在这里休息。"其语言表达能力连拜伦都没有超越。这首歌中有两句诗词表达了情感，体现了神圣的爱情的激情——这种情感，也许在人们心里回荡更多，更热烈：

　　来吧，在这里休息，我自己的受伤的小鹿，
　　虽然牛群已经离开你，你的家仍在这里；
　　这里仍有微笑而乌云也无法掩盖，
　　哦！爱是用来做什么的，如果它不能
　　带来欢乐，带来折磨，带来荣耀或耻辱。

我不知道，我不问，如果心中有愧疚的话。

但我知道我爱你，无论你怎样。

在幸福的时刻，你称我是你的天使，

我会是你的天使，

通过壁炉，坚定地，追求你的步伐，

保护你，拯救你，哪怕灭亡在那里！

现在流行一种看法，那就是认为摩尔富于想象力，但缺乏幻想——区别于柯勒律治——没有人能完全理解摩尔的伟大力量。事实是，这个诗人的幻想至今支配着他的所有能力，超过所有人，这就很自然地让人们认为，他仅仅只是天马行空地幻想。但天底下从来没有犯过如此大的错误，从来没有哪个诗人的名声受过如此大的伤害。在英文的音域里，我想不到还有诗歌比它更深刻，更充满古怪的想象力，我想不出还有哪首诗可与《我多想在那阴暗的湖边》相比较，而这正是托马斯·摩尔的文章。我很遗憾，我无法记得全部。

其中最崇高的一个人——说到幻想，最奇异幻想的一个——现代诗人中的一个，是托马斯·胡德。他的《美丽的伊内斯》对我来说，有一种说不出的魅力——

哦，你们看见美丽的伊内斯了吗？

她已经去了西方，

当太阳下山时她使人目眩，

抢夺了世界其他的光辉；

她带走了我们的白天，

我们最爱的笑容，

朝霞映在她的脸颊上，

珍珠在她的胸前。

哦，再次到来，美丽的伊内斯，

每当夜幕降临前，

怕月亮独自闪耀，

星星无与伦比的亮丽；

祝福有情人，

在它们的光亮下散步，

呼吸着爱，对着你的脸颊，

我甚至不敢写！

我会一直是，美丽的伊内斯，

那英勇的骑士，

骑着马那么华丽地立在你的身边，

这么近地小声对你诉说！

在家里没有漂亮的女人，

或在这里没有真正的恋人，

他应该漂洋过海去赢得，

最亲爱的你。

我看到了你，可爱的伊内斯，

沿着岸边走来，

和一些高尚的绅士在一起，

旗帜在前面飘扬；

温柔的青年和华丽的少女，

他们有着雪白的羽毛；

这本来是一个美梦——

如果它已经没有更多的话！

唉，唉，美丽的伊内斯！

她与歌曲一起走了，

音乐等待她的脚步，

还有人群的喊叫声；

有些人是伤心的，觉得没有欢笑，

但是，那只是音乐的错误，

他们在唱着："再见了，永别了！"

你曾经爱过她这么久。

再见了，再见了，美丽的伊内斯！

那只船从来没让人厌烦，

在甲板上的姑娘，是那么美丽，

以前，跳舞不是那么轻盈——

唉，为了海上的娱乐，

彼岸的悲伤！

微笑保佑着爱人的心，

让更多的人破碎！

《那个鬼屋》出自同一个作者，它是有史以来最真实的一首诗，也是最无懈可击的一首，无论是在主题还是技巧方面都最彻底的、最艺术的一首。它是相当有理想的，富有想象力的。我很遗憾，它的长度使得它不适合这个讲座的目的。为了代替它，请允许我介绍一首他的获得普遍赞赏的《叹息桥》——

一个更不幸的，

厌倦生命的，

贸然坚持的，

女人的死亡！

温柔地捞起她，

小心地抬起她；

她那么纤弱，

年轻，如此美丽！

看她的衣裙，

像寿衣紧贴着她；

水从她的衣服上滴下；

快把她的衣服拧干，

疼爱她，不是厌恶，

抚摸她，不轻蔑地；

凄然地想起她，

轻轻地，人性地：

别去玷污她，

所有这一切仍然是她，

纯纯的她。

不作任何深推敲，

关于她的反叛，

草率的或不尽职的；

一切耻辱过去了，

生命已经离开了她，

只剩美丽。

尽管她曾误入歧途，

可作为夏娃家庭的一个，

擦拭她那可怜的嘴唇，

擦去她还在渗出的水滴。

绾好她的秀发，

她散乱的秀发，

她美丽的赤褐色的秀发；

惊奇的心还在猜测，

她的家在哪里呢？

谁是她的父亲？

谁是她的母亲？

她有妹妹吗？

她有哥哥吗？

或者还有一个人，

对她更亲近，

比其他人更亲近？

唉！基督的慈善，

却难以普度众生！

哦，那是多么可怜！

那么繁华的城市，

她却没有家。

姐妹，兄弟，

父爱，母爱，

感情发生了变化；

爱也不见，

即使是神的眷顾，

似乎也在疏远。

凡灯颤动处，

在遥远的河边，

有许多灯光，

来自窗口处，
从阁楼到地下室，
她迷茫地站着，
无家可归的夜晚。
三月的风萧瑟，
让她颤抖和哆嗦，
但不怕那黑暗的拱桥，
或黑色流淌的河流。
这一生的不幸遭遇，
她宁可纵身一跳，
用力去跳——
任何地方，任何地方，
世界之外！
她大胆地猛跳下来，
无论水是多么寒冷，
河岸上的男人啊
放荡的男人！
想一想吧，
如果你也能跳下来
就尝尝河水的味道！
温柔地捞起她，
小心地抬起她；
她那么纤弱，
年轻，如此美丽！
趁着她冷冷的四肢，
还没有过于僵硬，

亲切地，

把她放平；

她的眼睛，再看不见，

请替她合上！

可怕眼睛，

还蒙着淤泥，

仿佛在最后时刻，

用绝望的目光，

凝视着未来。

她悲观地死去，

受凌辱的刺激下，

冷酷的无人道，

燃烧着疯狂，

把她逼入绝境。

看看她的手，

仿佛默默地祈祷，

在她的胸前！

承认她的弱点，

她的邪恶行为，

来，温柔地，

让她的救世主原谅她的罪！

　　这首诗的活力并不比它的悲怆更令人难以忘怀。诗律，虽然承载着天马行空的彼岸梦幻，仍然是令人钦佩的，它与“疯狂”相吻合，这是诗的命题。

　　拜伦勋爵的这些小的诗中，其中一个从来没有被批评过，它无疑是值得收到赞美的——

虽然我走运的日子结束了，

我的命运之星开始下降了，

可你柔软的心拒绝去发现，

如此众多的人能发现它；

虽然你的灵魂熟悉我的悲伤，

它不惧怕与我分享，

我的精神所谱写的爱，

除了你，再没有别人能懂。

那么，当我的周围的自然是面带微笑的，

最后的微笑，是对我的回答，

我不相信它是骗人的，

因为它让我想起你那张满是笑的脸；

而当风与海洋做着斗争，

像我内心相信的，

如果他们的巨浪激起一种情感，

那就是他们从你那支持我。

虽然我最后的希望的岩石在瑟瑟发抖，

它的碎片沉入海波，

虽然我觉得我的灵魂传递给了

疼痛——不应该是它的奴隶。

有许多剧痛侵蚀着我；

他们可能会压碎我，但他们应该被蔑视；

他们可以折磨我，但他们不应该征服我——

是你，我认为，不是他们。

虽然你是人类，不曾欺骗我；

虽然你是女人，你并不愿离弃我；

虽然你是爱人，你不让我悲伤；

虽然你被诽谤，你从来没有动摇；

虽然你被信任，你没有放弃我；

虽然我们分手了，你没有逃避；

虽然你保持警惕，你没有诋毁我；

不是缄默的，这个世界可能会掩饰。

然而，我不责怪世界，也没有轻视它，

这不是多数人与一个人的战争，

如果我的灵魂，不适合珍视它，

愚蠢不如早避开；

如果那个错误深深地让我付出了代价，

超过我曾经可以预见的，

我发现，无论它让我失去了什么，

它都不能把你从我这剥夺，

从过去的残骸、灭亡的残骸中，

至少我还可以记得那么多；

它教会了我什么是我最珍惜的，

当之无愧地成为最亲爱的一切。

在沙漠中，喷泉正在涌出，

在宽阔的荒原里，仍然有一棵树，

鸟儿在孤独地歌唱，

它诉说着我对你的思念。

尽管这里的节奏是诗律几乎无法再改进的了，没有更高尚的主题可以进入诗人的笔下。它是提升灵魂的想法，没有人能认为自己有权抱怨命运，虽然在他的逆境中，他仍然保留着对女人的坚贞爱情。

阿尔佛雷德·丁尼生——虽然在完美的诚意方面我认为他是有史以来最高贵的一个，可时间只允许我引用他很短的几节诗。我称他为最崇高的诗人，不是因为他产生的印象任何时候都是最深刻的，不是因为他引起的诗的兴奋任何时候是最激烈的，而是因为它任何时候都是最空灵的。换句话说——最纯洁的。没有诗人在这个小小的地球上，如此朴实。我即将要读的，来自他最后的长诗，《公主》——

　　眼泪，悠闲的眼泪，我不知道它们意味着什么，
　　来自于一些神圣的绝望深处的眼泪，
　　从心中升起，汇入眼睛，
　　看着幸福的秋天的田野，
　　思念的日子不再。
　　当第一缕光在帆船上闪闪发光的时候，特别新鲜，
　　当最后一缕光映红的时候，特别悲伤，
　　把所有我们所爱的东西淹没在起始点下方；
　　那么伤心，那么新鲜，日子不再。
　　啊，悲伤和奇怪，就像在夏季的黑暗的黄昏里，
　　最早的半惊醒的鸟儿的尖叫，
　　垂死的耳朵，垂死的眼睛，
　　窗扉慢慢地长出若隐若现的直角；
　　那么悲伤，那么奇怪，日子不再。
　　记得亲吻死亡后的珍贵，

像那些无望的想象那么甜美，

在他人的嘴唇上；

像爱一样深刻，

像初恋一样深刻，

所有的遗憾胡思乱想；

啊，生命中的死亡，日子不再。

因此，尽管以一个非常粗略和不完美的方式开始我的论述，我依然努力传达给你我对诗的原则的看法。我的目的一直是想表明，诗的本身就是人类对于超凡美的灵感，原则的体现经常可以在灵魂的提升兴奋中找到——这是种很独立的激情，它是心中的陶醉，或是理性满足的真理。说到激情，唉！它的发展趋势是降低而不是升高灵魂。爱却与此相反——爱，真正的、神圣的爱，来自尊贵的厄洛斯——那无疑是最纯净、最真诚的所有诗意的主题。而对于真理——如果通过获得真理，我们被引导到去感知和谐，我们马上就去经历一次真正的诗意效果。但这种影响可归因于和谐本身，至少在某种程度上是真理，真理仅仅是和谐的体现。

我们应该立刻理解真正的诗的清晰的概念是什么，可以通过参考一些简单的元素来判定，这些元素使诗人自己表达了真正的诗歌效果。他承认各种美物滋养了他的灵魂，如在明亮的天体上，在闪耀的天堂里，在花的漩涡里，在低灌木的集群里，在肥沃田野的舞动中，在高大的东方的树的倾斜里，在山的遥远的蓝色里，在云的聚集里，在半隐半现的溪水里，在银河水的闪闪发光里，在偏僻的湖泊的宁静中，在孤独的明镜深处。他感觉到它在鸟的歌声里，在风神的竖琴里，在夜风的叹息里，在森林的悔恨的声音里，在向岸边抱怨的海浪里，在树林的清新气息里，在紫罗兰的香味里，在洋水仙的舒适的香味里，来自那些黄昏里的，来自遥远的、未被发现的小岛上，昏暗的海洋里，无边无际和未开发的地方。他在一切高尚的想法里拥有它，在所有不谙世事的动机里，在所有神圣的冲动下，在所有的侠义的、慷慨的和自我牺牲的事迹里。他在女人的美丽中感受到它，在她的优雅的脚步中，在她光彩的眼睛里，在她有旋律的声音里，在她柔软的笑声里，在她的叹息里，在她沙沙的长袍的和谐中。他深深地感受到它，在她的获胜的努力中，在她的燃烧的激情中，在她的温柔的慈悲中，在她的虔诚的忍耐中。但是最重要的——啊！远远超过一切——他跪了下来，他崇拜它，在信仰里，在纯真上，在力量上，以及对她神圣的爱里。

让我通过朗诵另一首短诗来进行总结——与我前面所引述的风格完全不同。它是由马瑟韦尔创作，被称为《骑士之歌》。随着我们现代完全理性的对战争的荒谬和不虔诚的想法，我们内心深处不能感知当年的情绪，从而欣赏真正卓越的诗句。要完全做到这一点，我们必须幻想自己成为古代的骑士——

我们的眼中没有泼辣的眼泪，

当剑柄在我们手中时；

坦诚地来说，我们都会分离，并没有丝毫不同。

对于最持久的土地；

让求爱者和怯懦者，

因此哭泣和喊叫，

我们的任务是像男人一样战斗，

和像英雄一样死去！

亨利·大卫·梭罗

引入语

亨利·大卫·梭罗 1817 年 6 月 12 日生于马萨诸塞州的康科德，1862 年 5 月 6 日在那里去世。在美国思想史上，使得马萨诸塞小镇那么出名的哲学家和文人墨客中，他是最著名的一个。

梭罗来自于一个法国裔家庭，曾就读于哈佛大学。"他被教育成这样一个人，"他的朋友爱默生说："没有任何职业；他从未结婚；他独自一人生活；他从来没有去过教堂；他从来没投过票；他拒绝向国家缴税；他不吃肉；他不喝酒；他从来不知道烟草的用处；而且，虽然他是个自然主义者，他既不使用陷阱也不使用枪来猎杀动物。"隐含在这些事实里的个人主义是这个非凡的人最突出的特点。他认为"男人比大多数事物都丰富，有能够独处的资本"，他只用了他一小部分的时间，制作铅笔，进行雕刻，测量土地，他有足够的时间满足他的简单的需要，让他在有生之年去观察自然，思考自然，去写作。

1845 年，梭罗自己在瓦尔登湖边建造了一间小屋，孤独地生活在那里两年多，撰写了他的《在康科德和梅里马克河上的一周》。在这些年里，他坚持写日志，后来把这些日记整理成册，称为《瓦尔登湖》，而这些是他生前出版的仅有的作品。他离世以后，发表在杂志上的文章和他的手稿，共约 8 卷。

就像贯穿这个独处的作品里的哲学一样有趣，他的书让读者感到他们所花的时间很是值得的，他认真地观察自然并写出它们独特的美。下面的短文《散步》代表了所有三个要素。在其迷人的漫谈里，在没有任何结构里，让作者的笔徘徊在意志之下，去展示自然的情绪和微妙的变化，它典型地表达了作者的精神。

散步（1862）

我想对自然和自由说句话，为公民的自由和文化说话——把人类作为自然的居民，或自然的一部分，而不是社会的一员。我想提出一个极端的说法，那样我可以制造一个更有力的话题，因为如果是的话我可能会做一个有力的文明的捍卫者。

在我的生命历程中，我只遇到了一两个人，他们能够理解散步的艺术，也就是，进行行走的艺术——他们很有天赋，对于散步，那两个字完美地来自于"中世纪在这个国家四处闲逛的人"，直到孩子们惊呼："圣费勒！"一个闲逛者，一个神圣的登陆者。他们在散步时从来不像假装的那样去圣地，正如他们自称的，他们确实是纯粹的闲人和流浪汉。但他们确实去了闲逛者去的地方，正如我想的那样。不过，有些人会提出另一种说法，散步一词源于圣地，他们没有土地或家，因此，从某些方面来说，这将意味着他们没有固定的家，但是同时到处都是他们的家。因为这是成功的闲逛的秘密。他安静地一直坐在一所房子里，可能是最伟大的无业游民。但是闲逛者，从良好的方面来说，比蜿蜒的河流更无定向，河流总是刻意追求最短的路线奔向大海。但我更喜欢第一个，这确实是最有可能的起源。对于每一个行走就是一种十字军东征，受到我们内心的某个彼得或隐士的鼓吹，走出去并从异教徒手中夺回这个圣地。

我们不过是懦弱的十字军，甚至当今的步行者，都没有任何坚忍不拔、永无止境的进取心。我们的探险不过是旅游，到了晚上又重新回到了早上我们出发的壁炉旁边。一半的步行路程，不过是追溯我们的脚步。我们应该向前选一段最短的路程走，或许，以不朽的冒险精神，再也不回头——准备送回我们的不被遗忘的心灵，就像遗迹带我们回到我们荒凉的王国那样。如果你正准备要离开父亲和母亲、弟弟和妹妹、妻子和孩子、朋友，再也看不到他们——如果你已经还清了你的债务，并立下了你的遗愿，安排了你的所有事务，是一个自由人了，那么你已经准备好去行走了。

归结到我自己的经验，我的同伴和我，因为有时候我会有一个同伴，高兴地胡思乱想自己是个当代或古代的骑士——不是骑士或骑马的人，而是步行者，仍然是一个更古老而光荣的阶级，这我相信。行侠仗义的英雄气概，曾经属于骑士，似乎现在已经消退了——而不是骑士，只是周游四海的步行者。他是第四阶层的人，在教会与国家和人民之外。

我们觉得，我们几乎是独自在实践这个高尚的艺术。不过说实话，如果自己的主张是要被接受的，我的大部分市民有时会欣然地行走，像我一样，但他们不能。没有财富可以买到所需的休闲、自由和独立，这些是这个行业的资本。它来自于上天的恩典。它需要直接特许从天堂成为一个步行者。你一定要出生在步行者的家庭里。我的一些同伴确实能记住并给我一些关于行走的描述，那是他们十年前进行的行走，他们如此幸运在树林里忘却自我待了半小时。但我非常清楚地知道，他们曾经把自己局限于自己的高速路上，采取任何伪装来使他们属于这个阶级。毫无疑问，他们通过当前状态的回忆一时间都提升了，即便他们曾经是林农或不法分子。

当他来到沃德，

在甜美的早晨，

在那里，他哼着小曲，

甜美早晨的小曲。

我觉得我不能保持我的健康和精神状态，除非我一天至少花四个小时——通常是比这更多——闲逛穿过树林，越过山和田野，完全脱离所有世俗的义务。你可以有把握地说，值得为你的思想花一便士，或一千英镑。有时我想到机械技工和店主整个下午留在他们的商店里，跷着腿而坐，有那么多人——就好像腿是为了坐的，而不是站立或行走——我认为他们应该值得信任，而不是落得全都早早自杀的命运。

我，不能待在我的小屋里一整天而不感到不荒废，有时我偷偷在十一点钟或者下午四点钟溜出去行走，可这种散步不能和一整天的散步相比。当夜的阴影已经开始与日光混到一起时，我感觉我犯了的一些罪过被赦免了——我承认，我惊讶于忍耐的力量，更不用说道德的麻木，我的邻居把自己局限在商店和办公室里一整天、几周、几个月，唉，几乎常年如此。我不知道他们对待事物的方式是什么——在下午三点钟坐在那里，就好像它是早晨的三点钟一样。

波拿巴可能会谈到早晨三点钟的勇气，但是谁能高兴地在下午这个时候坐着呢，面对着你早上已经熟悉的自己。我纳闷于这个时候，或下午四五点之间，对早晨的新闻来说太晚了，对晚上的新闻来说太早了。

宅女——那些把自己局限在房子里的女性仍然多于男性，我不知道怎么能够忍受它，但我有理由怀疑，她们大多根本忍受不了它。在一个夏日的午后之初，我们抖动我们衣襟上的灰尘，急速地经过那些房子，它们有纯粹的多利安式或哥特式的风格，它们有一种安详的气息，我的同伴低语说大概这些时间他们的居住者都上床睡觉了。我很欣赏建筑物的美和荣耀，它本身从未就寝，永远矗立，看守着它们的睡眠者。

毫无疑问，气质与年龄有很大的关系。随着一个人变老，他能够安静地坐着，室内的功夫也随之增长起来。到了暮年，作息也变得不同，直到最后，他只在日落前出来，并且仅仅走半个小时。

但是我所说的行走并不类似于体育锻炼，正如病人在规定的时间内服药——像哑铃或椅子的摆动一般有规律。但行走本身是一天的事业和冒险。如果你得到锻炼，就是寻找生命的泉水。想想一个人为他的健康摇摆哑铃，那些泉水则在遥远的牧场找上门来了！

此外，你必须像一只骆驼一样行走，因为骆驼被认为是行走时唯一沉思的动物。当旅客让华兹华斯的仆人向他展示她的主人的书房时，她回答说："这是他的图书馆，但他的书房是在户外。"

生活在户外，在阳光和风里，无疑会产生一定的粗糙性格——会导致我们的脸上和手上长出较厚的表皮，覆盖了我们性格中一些较细腻的品质，就像强大的体力劳动剥夺了一些手的触觉的灵敏一样。所以待在房子里，另一方面，可能会让皮肤变得柔软光滑，我不是说皮肤的细腻，而是说皮肤对特定的印象增加了敏感度。也许我们应该更容易受到一些影响，对我们的智慧和道德的增长是重要的，如果风吹日晒已经少了一些，毫无疑问，对皮肤来说是一件不错的事。但依吾之见，那样皮屑就会脱落得足够快——我们发现自然的补救办法在一定程度上就是夜晚移向白天，冬天移向夏天。在我们的思想里应该有越来越多的空气和阳光。劳动者的长茧子的手掌都熟悉的自尊和英雄主义的组织，其触觉比那些懒惰的手指更能震颤心灵。相比那些日晒风吹、皮肤黝黑、手长老茧的人，躺在床上自以为白净的人来说，这只不过是多愁善感的罢了。

当我们行走时，我们很自然地走向田野和树林。如果我们只在一个花园或一个商场里走，我们的结果是什么呢？甚至有些哲学家都感受到他们进入树林的必要性，因为他们没有去过树林里。"他们种植果园或走在法桐下面"，他们待在露天的门廊里。当然，这是没有用的，我们直接步入树林，如果他们不带我们到那里。当它发生时，我感到很震惊，我的身体已经在树林里走了一英里了，却没有把精神带到那里。午后散步时，我会欣然忘了早晨的一切职业和我对社会的义务。但它有时会发生，我不能轻易摆脱村庄。有些事情的想法会在我的脑海运行，我的精神没有到达我身体到达的地方——我脱离了我的感觉。行走时，我会欣然回归我的感觉。我在树林里有什么意义呢，如果我想一些树林以外的东西？我怀疑我自己，我不禁不寒而栗，当我发现自己与所谓的好作品密切相连——因为这有时可能会发生。

我家附近提供了很多很好的散步去处。虽然这么多年我差不多每天都走，有时候一连走好几天，却还没有把它们都走遍。一个全新的前景是一种莫大的幸福，而我仍然可以得到这样的下午。两三个小时的散步会带我到奇怪的地方，就像我曾经期望看到的地方。我以前没有见过的单个农舍有时像荷美王的领地一样好。事实上，有一种和谐能够在半径是 10 英里的范围内发现风景，或者午后行走的地方，或者是 70 年人生中去过的某个地方。它将不会为你所熟悉。

如今几乎所有人类所谓的改进，如房屋的改建，其实就是砍伐森林和所有的大树，这不仅毁伤了景观，也使风景越来越廉价。人们从燃烧栅栏开始烧毁森林。我看到一些围栏被烧了一半，它们的末端消失在大草原的中间，一些世俗的守财奴让测量员看着他的边界，而上天已经围绕在他周围，他没有看到天使会来来回回，却一直在寻找天堂的入口。我又看见他站在沼泽地狱围栏中间，被魔鬼所包围，毫无疑问，他发现了他的界限，用 3 个小石头搭了一个桩。我看到了黑暗王子就是他的测量员。

我可以轻松地步行 10 英里，15 英里，20 英里，任何英里，从自己的门前开始，而不必通过任何房屋，不越过道路，不必像狐狸和貂那样出没：先沿着河边，然后小溪，然后是草地和树林边。在我家附近有几平方英里都没有居民。从许多小山上，我可以看到文明世界和远方的人的住所。农民和他们的作品并不比土拨鼠和它们的洞穴更明显。人们忙于他们的事务，在教会、国家、学校、贸易场所、工厂和农田，甚至在政治中工作——我很高兴看到他们在这个风景里占用那么小的空间。政治仅仅是一个狭窄的领域，并且比那边的高速路更狭窄。我有时把旅行者指引到那里。如果你想进入到政治世界，跟着大路走，一路灰尘，它会指引你去直接面对它。它也有它的地方，不占用全部空间。我从一个大豆地穿过进入到了森林里，并且立刻就把它遗忘了。在一个半小时之内，我能走到地球表面的某些地方，在这里一年到头没有人居住，这里也没有政治，因为政治就像一个人抽雪茄吐出的烟那样。

村庄是道路指向的地方，是一种高速公路的扩张，就像湖泊对于河流。若比作人体，道路是胳膊和腿——一个微不足道或四路交叉的地方，大道就像普通旅客。"villa"这个词从古拉丁语"via"或更古老的拉丁语"ved"、"vella"和"varro"中来，因为"villa"就是携带的意思。群居生活的人们被说成"vellaturam facere"。这表明村民对各种旅行者疲惫不堪了。

有些人根本不去行走，其他人在公路上走，只有少数人在散步时走小路。道路是为马匹和商业准备的。我并不在道路上旅行太多，相对地，因为我并不急于去任何客栈、杂货铺或他们指引的站点。我会选一匹好马去旅游，而不是选择敞篷车。风景画家使用人的身影来标记道路，可他不会使用我的身影。我走入自然，也走入先知和诗人——摩奴、摩西、荷马、乔叟的内心世界。你可以将我走过的地方命名为美国，但它不是美国，发现它的人既不是亚美韦斯普奇，也不是哥伦布，亦非其余的发现者。那个地方有比我见过的所谓的美国历史更真实的记述。

不过，也有一些老的道路，原来也通往商业中心。这有一个老马尔伯勒路现在已不能通往马尔伯勒了，在我看来，除非它能带我去马尔伯勒。我在这里勇敢地说出它，因为我相信，在每一个城市都有一条或两条这样的道路——

　　　老马尔伯勒路
　　　在这里他们曾经挖到过钱，
　　　这里有时有战事，
　　　但从来没有被发现；
　　　一个一个地走，
　　　伊利亚伍德，
　　　我担心没有好处，

没有其他人，

挽救利沙杜根——

哦，野蛮习惯的人类啊，

也有鹧鸪和兔子。

谁会关心，

只是设置陷阱，

独自一人，

卑鄙的，

生活在甜蜜的地方，

不断地吃饭。

当春天激发了我的血液，

旅行的本能，

我能捡到足够的沙砾，

在老马尔伯勒路上。

没人修理它，

因为没有人损坏它；

它是一种生活的方式，

正如基督徒所说。

没有多少人会，

进入其中，

只有爱尔兰客人奎因。

这是什么？它是什么？

只是指引的一个方向，

和纯粹的可能性。

去什么地方？

大石头路牌。

但没有旅客；

没有城镇的纪念碑

在他们的冠冕上命名。

这是值得去看的，

你可能在的地方。

哪个国王，

做了这个事情，

我仍然不知道；

如何或何时建立的？

如何兴师动众？

戈加斯或是里奥？

克拉克还是达比？

他们做出了伟大的努力，

他们应永垂不朽；

空白石片，

在旅客可能会吟唱的地方，

在一个句子里，

铭记所知的一切；

另一人可能会读的一切，

在他需要时。

我知道一行或两行诗很适合。

吟唱在这片土地上，

一个人可能记得，

直至明年 12 月份，

在春季再次吟唱，

在解冻后。

如果有华丽的展示，

你离开你的住所，

你可以去环游世界，

通过老马尔伯勒路。

目前，在我附近最好的土地不是私人财产那部分。景观没被占有，步行者享有更多的自由。但可能有一天它会被分割成所谓的游乐场，其中一些只是为了狭隘和排外的乐趣而已——围墙增多，发明了陷阱和其他工具把人限制到公共道路上，地球表面上的行走应被理解为意图擅闯一些绅士的土地。完全享受一件事是把自己排除在真正的享受它之外。让我们提高我们的机会，那么，在厄运到来之前。

究竟是什么使得我们有时如此难以确定将走向何方？我相信，在自然界里有一种微妙的吸引力，如果我们无意识地服从它，它会正确地指引我们。在我们选择走哪条路时，它不可能什么都不做。我们选择了一条正确的道路，但是我们很容易因为掉以轻心和愚蠢而走上歧途。我们会欣然进行行走，那是一条我们从来没有在这个现实世界中走过的路，它完全是一条我们内心和理想世界里象征性的路。有时，毫无疑问，我们发现很难选择我们行进的方向，因为它并没有明显地存在于我们的想法里。

当我走出房子去散步，我不太确定我将往哪里走，于是我决定顺从本能地走。我发现，这听起来很奇怪，甚至是有些异想天开，可我确定往西南走，走向某个特定的林地或草地，还有荒芜的草场或山。我心中的指南针缓慢地稳定下来，也会轻微地变化几下，并且不总是坚定地指向西南，但它是真实的，它有这种变化的权力，可我的心中始终指向西部或南部。未来对我是这样的，那边的土地似乎是更用之不尽和富有的。而我散步的大致形状，不是圆形，而是一条抛物线，或者更确切地说，就像那些被认为是不返回曲线轨道的彗星之一，在这种情况下，一直向西，在那里我的家大门面向太阳。我转着圈，有时要踌躇一刻钟，直到我决定向西南或西部走。向东走是因为我有压力，但我向西走是自由的，那里没有东西在引领我。在东方地平线后面，我很难相信我会找到美丽的风景或足够的野性以及自由。我不会为在那里散步的前景而感到兴奋。但我相信，森林，我在西方地平线看到绵延不间断地向着夕阳的森林是存在的，并且在西方没有小镇或城市来打扰我。让我居住在我想要的地方，这一边是城市，那一边是旷野，而且我离城市越来越远，退回到旷野里。我不应该对这个事实有如此大的压力，如果我不相信这样的事情是我的同胞目前所处的情况。我必须走向俄勒冈州，而不是走向欧洲，这是国家移动方向，而且我可以说，人类的进步是从东到西进行的。在短短几年内，我们见证了由南向东迁移的现象，在澳大利亚定居。但这会影响我们后退，并且，从第一代澳大利亚人的道德和物理特性来看，还没有被证明迁移是成功的。"世界在那里终结，"他们说："除了一个无边的大海，什么也没有。"这是不折不扣的东方，他们住的地方。

我们向东走去了解历史，研究艺术和文学作品，追溯人种的起源；我们向西走去进入未来，带着事业和冒险的精神。大西洋是一个被遗忘过去的海洋，在我们行进的道路上，我们会忘了旧世界和它的机构。如果我们这次没有成功，在到达冥河岸边之前，我们还会有一次机会，那就是在太平洋的遗忘河，它是大西洋的三倍宽。

我不知道漫步与迁移一致会是种什么样的奇异现象，但我知道，类似于鸟类和四足动物的迁徙是种本能——在某些情况下，这些影响了松鼠部落，驱使它们进行一次神秘的运动，我们从中可以看见迁徙的本能，它们跨过宽广的河流，每一只用它的尾巴做帆，还用死松鼠筑成一条小溪——这有点狂热，它们骚扰牛群，其实是它们尾巴上的虫子在作怪——影响了国家和个人，有时候是常年如此，有时候是时不时。不只一群大雁在我们镇上方叽叽呱呱地叫，在一定程度上搅乱了这里的房地产价值，如果我是一个经纪人，我也许应该把这个干扰考虑在内。

> 这时人们也就希望去朝圣，
> 朝圣者也希望去远方。

每次夕阳西下都激励我走向西方，尽可能向西，就像美丽的太阳一样。它似乎每天向西迁移，并且诱使我们跟随它。它是伟大的西方先锋，整个国民都愿追随它。我们整夜都梦想那些地平线处的山脊，尽管它们可能只是蒸汽，这是被它的最后的光芒镀了金的。亚特兰蒂斯岛、赫斯帕里得斯小岛和果园，都是一个人间的天堂，似乎一直是古人的伟大西部，笼罩着神秘和诗意。当看向西方夕阳的天空时，在想象中每个人都曾看到金苹果花园，以及所有那些寓言的来源。

哥伦布对向西的感觉比以前更强烈。他服从自己的感觉，并为卡斯蒂利亚和莱昂发现了一个新世界。那个时代的男人们闻到了远处的新鲜的牧场。

> 现在太阳伸展在所有的山丘上，
> 渐渐进入西方的海湾；
> 最后，他站起来，抖抖他的蓝衣服；
> 明天去新鲜的树林与新牧场。

在地球上可以找到的同等面积的土地，那里的大部分被我们国家占用，那么肥沃，那么丰富，其产品是那么多样，同时那么适合欧洲人居住。米修对此有过研究，并说道："大树的品种在北美比欧洲更多；在美国有一百四十多种树超过三十英尺高；在法国只有三十种达到这种高度。"最近的植物学家更加证实了他的说法。洪堡来到美洲实现他年轻时的热带植被的梦想，他看见了完美的亚马孙原始森林，地球上最巨大的旷野，他对此进行了描述。地理学家盖奥特，他自己是个欧洲人，他越走越远——远得连我都不愿意去追随他了。他说："就像植物是为了动物制造的，植物世界是为了动物世界而产生的，美国是为了旧世界的人类制造的……旧世界的人出发去走自己的路。离开亚洲的高原，他一站一站朝欧洲站走。他的每一步都伴随着一个优于前面的新的文明，伴随着更大的发展力量。到达大西洋，他暂停在这个未知的海洋岸边，而他不知道这个界限，时间随他的脚印而定。"当他走完了欧洲肥沃的土地，他给自己注入了新的活力，"然后，他重新向西开始他的冒险生涯"，直到现在。

这次西行使他们与大西洋的屏障接触，从而诞生了近代的商业和企业。年轻的米修，在他的《1802年的阿利根尼的西游记》里说，对新定居西方的人类的共同问题是："你来自于西方世界的哪个地方？"仿佛这些广袤而肥沃的地区会自然地汇集和成为所有地球居民的共同的国家。

爵士弗朗西斯，一个英国旅行者和加拿大总督，告诉我们，"在新世界的北部和南半球，自然不仅在更大的规模上勾勒出她的作品，而且还用更明亮和昂贵的颜色勾勒和美化了旧世界……美国的天空更蓝，空气更清新，寒冷更剧烈，月亮看起来更大，星星更亮，雷声更响，闪电更耀眼，风更强，雨更大，山更高，河流更长，森林更大，平原更广阔。"

林奈早就说过:"我不知道就美国植物来说还有什么是比这更欢乐和平静的。"我认为在这个国家应该没有,或者很少有罗马人所说的非洲野兽,在这方面它也尤其适合人的居住。我们被告知,新加坡的东印度城市中心内的 3 英里,每年老虎都会吃掉一些居民。但旅客晚上在北美任何地方躺下都不用担心野兽出现。

这些都是令人鼓舞的见证。如果月亮在这里看起来比在欧洲大,可能太阳看起来也更大。如果美国的天空显得无限高,星星更亮,我相信这些事实象征着她的居民的哲学、诗歌、宗教的高度有一天可能会飙升。最后,或许,非物质的天堂在美国人心中会出现得更高,暗示着他们的星星更明亮。因为我认为,气候确实能够影响人——因为山间的空气里有东西会滋养我们的精神。人受到这些影响,在智力上和身体上不会成长得更加完善吗?或者在他的生活里有许多迷茫的日子对他是不重要的吗?我相信,我们应当更富有想象力,我们的思想会更清楚、更新鲜、更空灵;像我们的天空——我们的理解会更全面、更广泛;像我们的平原——我们的智力处在更宏大的规模上;像我们的雷电,我们的河流、山脉和森林——我们的心在广度和深度上与我们的内心更匹配。自然或许会向游客展现一些东西,也许不是什么欢乐和宁静,藤子和茯苓。世界还将继续走向何方,美国人知道答案吗?

> 对美国人来说我几乎不需要说——
> 西方是帝国之星要去的方向。

作为一个真正的爱国者,我应该感到羞愧,因为我认为亚当在伊甸园里比在这个国家住在边远地区的人总体上更有利。

我们对马萨诸塞州的同情并不局限于新英格兰。虽然我们可能远离南方，而向西方靠近。这里是年轻男孩子的家，就像以海为他们的产业的斯堪的纳维亚人。要学习希伯来语总不晚，更重要的是要了解日常的俚语。

几个月前，我去看了莱茵河的全景，这就像我做了一场中世纪的梦。我带着比想象还丰富的东西顺着它的历史河流飘然而下，经由罗马人建造的桥梁、被后来的英雄们重新修建了，经过了城市和城堡，其名字在音乐里我早已经听过，并且每一个都是传奇的主题。在历史上我只知道有埃伦布赖特和罗兰泽克及科布伦茨。我感兴趣的主要是这些废墟，似乎有其水域及其丘陵和山谷中传来一个安静的音乐作为十字军出发前往圣地的乐曲。我沿着它的魅力漂浮，仿佛被运到一个英雄时代，呼吸着侠义的气氛。

不久之后，我去看了密西西比河的全景，我在白天行走于河上的时候，看到了汽船云集，新建的城市，凝视着无人问津的诺弗废墟，注视着印度人向西移动横穿河流，像以前我在摩泽尔看到的一样，现在抬头看看俄亥俄州和密苏里州，听听迪比克和韦诺纳的悬崖的传说——还想着更多的未来，而非过去或现在——我看到了这是一条不同的莱茵河流：城堡的地基还尚未奠定，著名的桥梁尚未横架河上。我觉得，这是英雄时代本身，虽然我们知道它不是，因为英雄通常是最简单的和鲜为人知的人。

我说的西方却是荒野的另一个名字，而且我还要说的是，在荒野里存在着世界。每一棵树的纤维都在寻找着野性，城市不惜任何代价引进它。人类耕种它之前，不惜任何代价找到它。森林和荒野有医治人类疾病的草药和树皮。我们的祖先是野蛮人，罗穆卢斯和瑞摩斯被狼哺育的故事不是一个毫无意义的寓言。每个国家的创始人，他们之所以能够显赫，都是从类似狂野的来源里得到他们的营养和活力的。这是因为帝国的孩子们不是被狼哺育的，他们已经被北部森林的孩子们征服和替代了。

我相信，在森林里，在草地上，在玉米生长的夜晚里，为了力量而进食和单纯的暴食饮食之间是有明显差异的。霍屯督人急切地吞噬条纹羚羊和其他野生羚羊的骨髓，以获取力量。我们的一些北方印第安人吃北极驯鹿的生髓及其他各种部位，包括鹿角尖，只要是软的部位他们都吃。有鉴于此，恐怕，他们已经胜过巴黎厨师一筹，这可能比圈养的牛肉和屠宰场的肉做得更好。

非洲猎人卡明告诉我们，大羚羊及大多数其他刚被杀了的羚羊的皮肤，会散发出最美味的树和草的香气。我们每个人都像一只羚羊，是大自然的一个重要组成部分。他本人应当这样亲切地向我们宣扬他的存在感，并提醒我们他经常出没自然的哪些地方。我无意去讽刺它们，捕手的外套发出麝鼠的气味，对我来说这是一个甜蜜的气味，它通常带着商家或者学者的衣服气息。当我进入他们的衣柜并触摸他们的礼服，我想起他们都没有经常光顾平原和鲜花盛开的草原，而是去了有灰尘的图书馆。

一个拥有晒黑的皮肤的人是多么可敬，也许橄榄油色比白色对一个人来说是更适合的颜色。"面色苍白的白种人！"我不知道，非洲人是否会可怜他。博物学家达尔文说："一个白人在塔希提岛洗澡的侧面就像一棵植物被园丁的艺术漂白，与良好的、深绿色的、在野外蓬勃生长的植物相比。"

本·琼森感叹地说——

"美丽是多么接近善良啊！"

所以我会说——

野外是多么接近善良啊！

生命是由野性组成的，是最活跃、最疯狂的。野性尚未屈服于人类，它的存在让人振作。一个不断前进的人、从来不在劳动中进行休息的人、长得快的人、对生活有无限需求的人会发现自己处于一个新国家或者荒野里，被生活的原始材料所包围。

希望和未来对我来说不是在草地和耕地里，不是在城镇和城市里，而是在不透水的和颤动着的沼泽里。以前，我已经分析了我偏爱的某个农场，我曾考虑购买它，我经常发现，我仅仅是被那一片不透水的和深不可测的沼泽所吸引——它的一个角落的自然水池所吸引。那是令我目眩的宝石。我从围绕我家乡的沼泽地里比村里的种植花园里能得到更多的维持生计的东西。在我的眼睛里没有比矮马醉木的密花床更丰富的花坛了，它们覆盖在地球表面那些柔软的地方。植物学不能更进一步告诉我那些生长在这里的灌木丛的名字——高蓝莓灌木、圆锥花序的马醉木、狭叶山月桂、杜鹃及北美杜鹃——所有站着舞动的冰苔。我常想，我渴望能把这种大规模的暗红色灌木丛移到我的房子前面，忽略其他花卉的边界，移植云杉和装饰盒，甚至用沙砾铺路——让这个肥沃的地方来到我窗下，不是用几个进口的手推车装满土壤，而是盖上沙子，这些沙子是在挖地窖时扔出来的。当木匠和石匠离开后，我自己要努力清理干净，以便这里有一个美丽的外观。最有品位的前院围栏从来不是我愉快研究的对象，它很快就使我深恶痛绝。让你的窗台靠近沼泽的边缘（虽然它可能不是干燥地窖的最佳场所），结果城里人在那边没有办法进入。前院不是用来自由行走的，但是你可以穿过后面的院子进来。

是的，虽然你可能认为我反常，如果有人向我提出居住在这附近最漂亮的花园里，它是人类有史以来最杰出的艺术设计，或者是在一个阴暗的沼泽附近住，我当然决定选沼泽。对我来说，一切设计好的东西都是徒劳无用的！

我的精神必然地随着外面的凄凉按比例上升。给我海洋、沙漠和荒野吧！在沙漠中，纯净的空气和孤独弥补了水分和肥力的缺乏。旅客伯顿说到它："你的士气提高；你变得坦率和亲切，热情和专一……在沙漠中，烈酒的刺激只会令你厌恶。在动物世界会引起你强烈的乐趣。"那些长期在鞑靼大草原旅游的人说："在重新进入文明的土地时，文明的兴奋、茫然和混乱会让我们感到压迫和窒息；空气似乎让我们难受，我们觉得每一刻仿佛即将窒息而死。"当我自己想消遣时，我寻求最黑暗的树林，这样的地方对公民来说是最凄凉的沼泽。我进入沼泽把它作为一个神圣的地方——一个圣地。这里有力量，它是自然的精髓。野生树木覆盖着处女地——相同的土壤有利于人和树。一个人的健康，需要尽可能多的千亩草地作为他的补给，就像他的农场需要很多的肥料一样。一个城镇被挽救，不是被更多的正义之士所保护的，而是围绕在它周围的树林和沼泽。一个乡镇周围如果有一片原始森林在地上舞动，同时又有一片原始森林在地下腐烂——这样的小镇不仅适合种植玉米和土豆，而且在将来还适合培育未来的诗人和哲学家。在这样的土壤中，生长和栖息着荷马与孔子；在这样的荒野中，也有吃蝗虫和野蜜的改革者。

为了保护野生动物，通常意味着要为它们创建一个可以居住或常去的森林。因此，人也是一样。一百年前，人们从树上剥下树皮出售。对那些原始的树木，我认为应该有法律去保护它，不让它受损坏。啊！我已经为我的家乡那些相对堕落的日子不寒而栗，此时你们不能再收集一些厚度适宜的树皮，我们再也不能产生焦油和松脂了。

文明国家——希腊、罗马、英格兰——被原始森林支持着，这些原始森林在古老的腐烂处拔地而起。只要土壤没有用尽，他们就能生存。唉，我们都是有文化的人！从点滴之处是可以预料一个民族的前途的，当植物生长地被耗竭，它被迫用他们的父辈的骨头做肥料。到那时，诗人维持自己仅仅通过自己的多余脂肪，哲学家则只能向自己的骨髓索取能量。

据说美国的任务是"开垦处女地"，并认为"在这里农业和其他未知部分的每个地方都一样"。我想，农夫取代印第安人，恰恰是因为他恢复了草地，并因而使自己更强壮，在某些方面更加自然。一天，我正在为一个人测量一条穿过一片沼泽地、直线是132杆长的土地，在他的入口处可能写着但丁读到的进入地狱区域的话——"留下所有希望，然后你们进去"——也就是重新出去的希望。在那里我曾经看到我的雇主在快到他脖子的水池里学习游泳，虽然那时仍是冬天。他有另一个类似的沼泽，我根本无法勘测它，因为它完全在水下，而尽管如此，对于第三个沼泽，我已经从远处做了调查。他对我说，给他任何东西他也不会卖掉它，考虑到它所包含的泥土。那人打算在四个月的过程中，挖个环形沟围绕上整个沼泽，它打算用他的铁锹的魔力来完成。我指出他是那批开垦者中的一个典型代表。

我们获得我们最重要的胜利所使用的武器，应该是作为传家宝从父亲流传到儿子手里的武器，不是剑和枪，而是在丛林中开路的草皮切割机、铁锹和沼泽锄，上面带有许多草地的汁液，被许多艰苦战斗过的灰尘弄污秽了。大风把印第安人的玉米吹倒在草地上，并指出这是他没有本领追随的方式。除了贝壳机外，他们没有更好的武器在土地里挖沟。可是农夫却装备有犁和铁锹。

在文学上，只有荒野吸引我们，愚钝不过是温顺的另一个名字。这是《哈姆雷特》和《伊利亚特》里的不文明的自由与野性思维，它存在于所有的经典与神话里，在学校学不到，它们让我们喜悦。

由于野鸭比驯服的鸭子更迅速和更美丽，荒野也是一样——野鸭——思想，中间低落的露水在沼泽的上面展示它的翅膀。一本真正的好书就像自然的东西，出乎意料且无缘无故地完美，如在西部大草原上或东部的丛林中发现的一朵野花。天才是一种光明，他使得黑暗可见，像闪电的光，或许它本身击碎了知识的殿堂——而不是在种族的炉边被点燃的细蜡烛，在普通的一天的光明到来之时，就黯然失色了。

英国文学，从吟游诗人到湖畔诗人，包括乔叟、斯宾塞和弥尔顿，甚至从莎士比亚的时代起，汲取着并不算新鲜的、从这种意义上说甚至是野性的力量。这是一种本质上驯顺和教化的文学，反映着古希腊和古罗马的思想。她的野性是一片绿森林，她未开化的人是罗宾汉。她对自然有着大量亲切的爱，却不怎么爱自然的自己。她的记录告知我们的是她的野生动物而不是她的人开始消失的时间。

洪堡德的科学是一回事，诗歌是另一回事。今天的诗人，尽管拥有全部科学的发现和人类的学习积累，却并不比荷马更有优势。

表现自然的文学在哪里？他会是一个诗人，能感动风和小溪为他服务，为他代言。像在春天里农夫降低霜寒投来的风险那样把词语固定在他们原始的感官中。在经常运用词语的同时获取词语——好似带着黏附在根上的泥土那样把它们移种到自己的页面。他的词语如此真实、清新和自然，以至于它们会像随着春天来临的萌芽般出现、拓展，尽管它们半窒息地待在图书馆里两层发霉的叶子之间——同周围的自然年复一年地为忠实的读者开花并孕育果实。

我不知道有哪些诗歌可以引述来准确表达对这种野性的渴望。从某个侧面着手，最好的诗就是驯化。在所有文学中，无论是古代的还是现代的，我不知道在哪里能找到任何理由会让我满意于对我所熟悉的自然的描述。简而言之，你会感觉到我所要求的东西，无论是在奥古斯都时代还是伊丽莎白时代，没有任何文化可以给予。神话比任何其他事物都要接近它。自然所蕴含的东西如此丰富，因为有希腊神话而非英国文学根植于其中！

　　神话是旧世界在其土壤耗尽之前、幻想和想象被枯萎感染之前的收获，而且它仍然具有不衰减的原始活力。所有其他的文学像为我们屋子遮阴的榆树一样忍受，但它却像生长在西部群岛上的大龙树一样，和人类同样古老，而且不论发生什么都将与世长存。其他文学的衰落造就了它的蓬勃发展的土壤。

　　西方正准备把它的寓言添加到东方的神话中。恒河、尼罗河和莱茵河的河谷已经出产了它们的成果，亚马孙、普拉特河、奥里诺科河、圣劳伦斯河和密西西比河流域能出产什么还有待观察。或许，在时代的进程中，当美国的自由已经成为过去的传奇时——正如在某些程度上它是现在的传奇——全世界的诗人将受到美国神话的启发。

　　未开化的人拥有最狂野的梦想，虽然他们可能不会把自己托付于在今天的英国人和美国人最常见的意识中，甚至并不是一点都不真实的。不是每一个真理都会把自己托付给常识。自然既为白菜也为野生铁线莲提供了生长的地方。真理的一些表达形式是怀旧的——其他的仅仅是能被感知的，正如这句话所说——剩下的是可预见的。疾病的某些形态甚至可以预示健康的形态。地质学家已经发现，巨蛇、狮鹫、飞龙和其他奇特装饰纹章的形象，它们以化石生物形式的原型在人类出现前就已经灭绝了，因此它们是在"表明一种有机存在的早前形态模糊和朦胧的知识"。印度人幻想地球在大象上，大象立在乌龟上，乌龟趴在巨蛇上。虽然它可能是无关紧要的巧合，在这里说明并不合时宜，但最近在亚洲被发现的乌龟化石大到足以支撑大象。我承认我偏爱这些疯狂的幻想，它们超越了时间和发展的顺序。它们是思维最崇高的消遣。松鸡喜爱豌豆，但不会喜欢那些和自己一起被放锅里的豌豆。

总之，一切美好的事物都是野性的、自由的。在音乐的力量中有些东西，无论是由乐器还是由人的声音所产生——以夏季夜晚的军号声为例——毫不讽刺地讲，通过它的野性让我想起原始森林中野兽发出的叫声。正如我所理解的那样，它充满了野性。让我和有野性而不是驯顺的人成为朋友或邻居吧！好人和爱人相遇，野蛮人的野性只是暗示令人生畏的野性的微弱。

我甚至乐于看见驯养的动物重新主张它们与生俱来的权利——这表明它们没有完全失去原有的野性和活力。当我邻居的牛群在早春时撞破了它们的牧场围栏，并勇敢地游在一条寒冷、阴沉、有25或30米宽并被融化的冰雪涨满的河水中的时候，那是穿越密西西比河的水牛。在我眼里这种壮举授予了牛群某些高贵的尊严。本能的种子在牛和马厚厚的皮下保存下来，就像无限期埋藏在大地深处的种子一样。

牛的任何嬉戏都是出人意料的。有一天我看到一个公牛和母牛组成的牛群笨拙地奔跑雀跃，像巨大的老鼠，甚至像小猫，它们摇头甩尾，在山坡上冲上冲下，从它们的角和它们的跑动中，我感知到了它们和鹿群的联系。但是，唉，一声响亮的"喔"会立刻减弱它们的激情，把它们从野兽变成温驯的小牛，使它们的肌肉僵化。除了邪恶的魔鬼，谁向人类喊过"喔"呢？事实上，牛的生活，如同人的生活一样，不过是一种机械运动。它们有时走错路，而人凭借机械，会在中途和牛马相遇。任何鞭子触及的部分从那时起会变得麻痹。当我们把牛呼喝到一旁的时候，谁会想到赶开顺从的猫呢？

我欣喜的是，在它们被变成人类的奴隶之前，马和公牛必须被驯化；而在它们成为顺从的社会成员之前，人类自己也仍须保留些野燕麦来播种。毫无疑问,并非所有人都适合文明的主题,而且由于多样性,例如狗和绵羊,遗传的性情已被驯化,这就是为什么其他动物没有理由应该打破自己可能会降低到相同水平的本性。人与人大致相似,但为了个体差异化,他们被分成了好几种。如果从事一般的工作,一个人会与另一个人做得几乎同样好;如果是高级工作,个人的才能就需要被考虑。任何人都可以用堵洞的方式来挡住风,但没有其他人可以像插画师所做的那样做如此罕见的插画工作。孔子曰:"虎豹之鞟,犹犬羊之鞟。"但真正文化的一部分不是去驯服老虎,更不是去使绵羊变得凶残。把它们的皮鞣制成鞋并非是它们可以被应用得最好的用处。

当查看一份用外语记录的人名名单时,如军官们或是在写一个特定主题的作家们那样,我再次提醒自己在名字里什么也没有被体现。例如,曼席科夫这个名字,在我听来它不比胡须更有人情味且它可能属于一只老鼠。由于波兰人和俄国人的名字对于我们而言是如此,我们的名字对他们来说也是这样。他们仿佛被用孩子的废话取了名字。我看到在我脑海中一群野生动物在地面上云集,每个牧民都用自己的方言添加一些粗野的声音。人的名字如同狗的名字一样,既廉价又无意义。

如果人们如他们所知那样,成批来命名,据我看来这对哲学来说有些好处,那将只需要知道基因或种族就能知道一个人。我们没有准备好去相信罗马军队中的每一名士兵都有自己的名字,因为我们不认为他们都有自己的性格。

关于昵称,我认识一个男孩,由于他奇特的能量被称作"破坏者",而这恰好取代了他受洗时所取的名字。有些旅行者告诉我们,印第安人起初不能取名字,但会赢得名字,他的名字即是他的名声。在一些部落中每一次新的成就都会使他获得一个新的名字。可惜的是，当一个人仅仅具有一个为方便而取的名字时，他既没赢得名字也没赢得名声。

我不会让单纯的名字使我产生对人的差别，我仍然将其看成一群人中的一个。一个熟悉的名字不能使我对此人少些陌生，它也许被给予了一个秘密保留着在森林中赢得的野性头衔的野蛮人。我们身上都有野性，野蛮人的名字或许是在某处记录了我们。我看到我的邻居们，他们具有可以和夹克一起脱掉的熟悉的绰号，如威廉或爱德华。当一个人睡眠或愤怒时，或是被热情、灵感激发的时候，绰号不会追随着他。我似乎听见在这一时刻由他的亲属发出的以某些沙哑或悠扬的语调念出的他最初野性的名字。

这就是我们广阔的、野性的、咆哮的母亲，生性自然，像花豹一样既优美又慈爱地躺在四周。而我们如此早地从她的胸怀中断了奶走向社会，走向了一种排他的人与人互动的文化——一种不断繁殖、至多产生英国贵族、注定会有快速限制的文明。

在社会中，在人类最好的机构里，很容易发现一些早熟现象。当我们本应是成长中的孩子时，我们已经是小大人了。让我经历一种从草甸输入肥料并深耕土壤的文化吧——而不是相信加热肥料、改进工具和模式的文化！

许多可怜的、眼睛肿痛的学生，我听说过他们会在智力上和体力上成长得更快，真是如此的话，他是在睡眠中错过了许多事。

即使是激励的明灯也会过量。法国人涅普斯发现了"光化作用"。能量在阳光下产生化学效应，花岗岩、石材建筑和金属雕像，"都在阳光照射的时间里相似地破坏性地采取行动，自然规律同样精彩，在最微妙的宇宙机构精细的触摸下会很快毁灭"。但他指出，"当这种刺激因素不再影响它们的时候，那些在白天经历了这种变化的物体拥有在夜晚的时间里使自己恢复到原来状态的力量"。因此，他推断说："黑暗的时间对无机创造是像我们所知夜晚和睡眠之于有机王国那样必要的。"即使月亮每晚照耀夜空，但给黑暗留出了空间。

我不会让每一个人或是人的每一部分都得到陶冶，我也不会耕种每英亩的土地。一部分土地将用于耕作，但更大的部分将会是草地和森林，这大部分不但可以满足目前的开发，而且也可以为遥远的未来准备好沃土。

我们除了拥有卡莫斯发明的字母以外，还有其他可供孩子学习的词汇。西班牙人有一个很好的词来表达这种野性和朦胧的知识——Gramáica parda，一种源自我提到过的像豹一样的母亲智慧。

我们听说过社会需要传播有用的知识。有人说，知识就是力量，据我看来，社会同样需要一个传播有用的无知社团，我们拥有美丽的知识，在更高意义上有用的知识，大部分我们吹嘘的所谓的知识，只是一种我们知道某些事情的幻想，这剥夺了我们事实上无知的优势。我们所说的知识往往是我们确定的无知，对我们负面知识的无知。通过多年的耐心勤劳和阅读报纸——什么是科学的图书馆而非报纸的文件？——一个人积攒了无数的事实，把它们搁置在记忆中，然后在他的生活中的某个春天，当他在国外漫步到思想的大原野时，他，似乎就是逐青草而去的一匹马，把所有的东西都抛在身后。我有时会对传播有用知识的社团说："逐草而去吧，你吃干草的时间已足够长，春天已经和它的绿色植物一同到来。"在五月底前，牛群被驱赶到它们的乡村牧场，尽管我听说过一个有违自然的农夫把牛关在谷仓常年地喂干草。所以，传播有用知识的社团经常宴飨没有价值的人。

人的无知有时不仅是有用的，而且是美好的，但他所谓的知识，除了丑陋以外，通常比无知还要糟糕。人们最好处理的是那个他一无所知的题目。

我对知识的渴望是间歇性的，但我把自己从头至脚沐浴在未知环境中的愿望是常年的、不变的。我们能主动获得的不是知识，而是对理智的赞同。当我们以前所谓知识的不足被指出时，我不知道还有什么算得上是更高级的知识——在天地之间有比我们在哲学中梦想到的更多的事情被发现，它是被太阳照亮了的雾气。人不能知道的任何更高意义莫过于此，任何他看不到的东西宁静且无恙的在太阳的表面，迦勒底神谕说："你不会察觉到，作为感知的特定事情。"

在追求一种我们可以遵循的定律的习惯中是存在奴性的。我们可以为了我们的便利去研究物质的定律，但成功的人生没有定律。这是一个不幸的发现，定律束缚着我们，而在此之前我们并不知道我们被束缚。雾霭之子，自由地生活吧！就知识而言，我们都是雾霭之子。把自由带进生活的人凭借他和定律制定者的关系优越于所有定律。《毗湿奴往世书》中说："那是一种积极的、不是为了束缚我们的责任；那是为我们解放的知识：所有其他的责任仅仅有益于谨慎；所有其他的责任仅仅是艺术家的机灵。"

值得注意的是，我们的历史上事件或危机那么少，在我们的脑海中我们如此缺乏历练，我们的体验多么贫乏。我将乐于相信我正在迅速地茁壮成长，虽然我的成长搅乱了沉闷的平静，尽管它在漫长、黑暗、闷热的夜晚或阴暗的季节奋力挣扎。如果我们全部的生命都是神圣的悲剧，而不是这种琐碎的喜剧或闹剧，这甚至将会很好。但丁、班扬和其他人似乎在他们的心灵中被锻炼得远胜于我们，他们经受了一种我们的地区学校和大学不予考虑的文化。即使是穆罕默德，尽管许多人可能听到他的名字就尖叫，有一个比他们普遍有的更好的做法，赞成，可为之生并为之死。

有时，在罕见的时间间隔中，一些思想会降临于某人头脑中，正如他走在一条铁路上，车经过时他却没有听见。但很快，凭借一些必然规律，我们的生活走了过去而车又返了回来——

> 温柔的微风，不知不觉地漫步，
>
> 悄无声息地弯曲围住风暴的荆棘，
>
> 从多风的幽谷来的旅行者，
>
> 你为什么这么快离开了我的耳朵？

虽然几乎所有人都感知到了把他们拖向社会的吸引力，却很少有人强烈地被自然吸引。在我看来大多数情况下，人们虽有他们的技术，在与自然的关系中却低于动物。他不像动物那样总是与自然和谐相处，对山水之美的欣赏在我们之中是多么的少啊！我们被告知，希腊人称世界为美丽或规则的，但我们不清楚为什么他们这样说，我们认为它至多是一个奇特的语言学事实。

就我而言，我觉得对于自然我过着一种边缘性的生活，在世俗世界里我做些偶然的、短暂的尝试，我的爱国主义精神和效忠的态度是不友好的。对一个我称之为自然的生命，通过难以想象的沼泽与泥潭，我将乐意跟随哪怕是鬼火，没有月亮也没有萤火虫指引我前进的方向。大自然如此巨大以至于我们从来没有见过她的全貌。在我家乡熟悉的土地上的步行者有时发现自己在异国他乡，就像在康科德边界的某一遥远的地方，它的管辖权到此为止，而由康科德一词所能引起的概念不再被提及。这就是我自己亲自调查的农场，我已经划定的范围像薄雾一般模糊；但没有引起化学反应；也没停留在玻璃上；画家所画的图案从玻璃下方依稀脱颖而出。我们通常熟悉的世界没有留下任何痕迹，它也不会有任何周年纪念。

有一个下午我在斯波尔丁农场散步，我看见夕阳照亮了一片庄严的松树林的另一面。它金色的光芒散射入林间过道，仿佛照进了一些宏伟的建筑中。那情景给我留下了深刻印象，仿佛有些古老而完全令人钦佩的荣耀的家庭已经在那片叫康科德的土地上定居了，我却未曾听闻过他们——他们的仆人是太阳，他们未曾融入乡村社会，他们也从未被别人拜访过。我看到了他们的公园，他们的游乐场，在那边树林中，在斯波尔丁的长满小红莓的草甸上。在他们成长时松树是一道墙。他们的房子在视觉上并不明显，树木生长于其间。我不知道我是否听到了一种被抑制了的喜悦的声音。他们似乎斜倚在阳光中。他们有儿有女，他们过得相当不错。农夫的车碾压出的路，直接通过他们的大厅里，却毫不影响他们的生活，就如同池塘的泥底，有时是通过反射的天空看到的。他们从来没有听说过斯波尔丁，并不知道他们是邻居，尽管当斯波尔丁人带着他的队伍经过这些房子时我听到他吹着口哨。什么都比不上他们生活的宁静。他们的盾徽仅仅是青苔。我看到它被涂绘在松树和橡树上。他们的阁楼在树梢上。他们的生活中没有政治，没有劳动的喧嚣。我没有觉察到他们纺纱织布。然而当风平息下来听不到了的时候，我确实发现了想象中最美好甜蜜的音乐低吟声——仿佛是五月里一个遥远蜂巢发出来的，或许是他们思维的声音。他们没有懒惰的思想，没有人能看见他们的工作，因为他们的工作场所被篱笆围着。

但我觉得记住他们很难。他们无可挽回地淡出了我的脑海，即使现在我谈论并努力回忆他们和我自己。只有在漫长而认真的努力去回忆后我才开始再一次意识到他们的共同存在。如果不是因为有这样的家庭，我想我应该搬出康科德。

在新英格兰，我们习惯说每年来拜访我们的鸽子越来越少。我们的森林没给它们提供橡树果实。因此看上去，年复一年越来越少的思想光顾每个正在成长中的人，因为我们的头脑中的小树林在荒废，被卖掉去助长不必要的野心之火，或是被送进磨坊，几乎没有剩下一根树枝留给它们栖息。它们不再和我们一起筑巢并繁衍生息。在一些更宜人的季节里，或许，一个淡淡的影子掠过心灵的风景，用一些思想的翅膀投射在它春天的或秋天的迁徙里，但是，向上看去，我们无法检测到思想本身的实质。我们有翼的思想被变成了家禽，它们不再翱翔，只到达上海和交趾支那。你们所听说的只是格拉夫式的思想和格拉夫人。

我们拥抱大地，思想却变少了。据我看来，我们应该更多一点提升自己。我们至少能爬树，有一次在爬树中我找到了自己存在的理由。那是一棵长在小山顶部的高大的白松，虽然我得到了很多收获，我也为之付出了很多代价。我在地平线上发现了一个新的山脉，在此之前我从未见到过它们——大地和天空还有那么多的事物。我本来有可能在树下走过70年，也可能见到更多的东西。最重要的是，我发现了我的周围——这是临近六月底——在最高的枝条顶端，有少量细腻的红锥状的花，那是白松的雌花朝向着天空。我直接把花拿走给走在街道的陌生的陪审员看——因为这是开庭日——还给农夫、木材交易商、伐木工和猎人看，他们中没有一个人认识这种花，惊讶得像星星掉了下来一样。听人说古代建筑师完成他们的作品的顶部会和更低、更可见的部分同样完美。大自然中的花从第一次开放那一刻就只向着天空，高于人们的头且不被他们注意。我们只看到那些在我们脚下草原上的花朵。很久以来，松树在每年夏天，在树干最高的枝头生长出它们精致的花朵，有红色还有白色，不但那么自然，还开得像小孩的脑袋。但没有一个农夫或者猎人看到过它们。

最重要的是，我们承受不起不生活在当前。上天会祝福所有珍惜现在生活的人。除非我们的哲学在我们的视野内的每一个谷仓院子里听到公鸡啼鸣，否则就太迟了。那声音通常提醒我们，在我们的工作和习惯中我们的思想正在生锈并已老化。上天的哲学降临到一个比我们的时代更近的时代，也有一些事情启示这是一个新的证明——根据这一刻的幸福之音，他没有向后倒下，他起得很早，并坚持这个好习惯，他走在时间前面，他是健康的表现和自然的公正，他向全世界呼吁——像向上长的谷芽和缪斯女神的喷泉一样清新，让我们庆祝这个时代的最后一刻吧。他住的地方没有逃亡奴隶的法律，自从去年听说了那注解谁没有多次背叛他的主人呢？

鸟鸣的优点在于其免于所有的哀怨。歌手可以轻松地感动我们，使我们流泪或欢笑，但能激发我们早晨纯粹喜悦的人在哪里？当星期日身处寂寞的仓库里，可怕的寂静就在破损的人行道上，或在丧家的守灵人身边，我听到了小公鸡或远或近的啼叫，我想对自己说："无论如何，我们中有一个是好的。"——伴随着突然的进发回归自我的感觉。

去年十一月的某一天，我们见到过一个非凡的日落。我正走在一片草甸上，那是一条小溪的源头，在阴冷灰暗的一天之后，太阳最终在日落前到达了地平线上一个清晰的位置。最柔和、最明亮的阳光落在干草上，落在地平线对面的树干上，落在山坡上灌木橡树丛的叶子上，而我们的影子在草地上向东伸展得很长，仿佛我们是在它的光束中唯一的尘埃。它是我们以前一刻也无法想象的光，空气也是如此温暖而安详，我什么都不用做就可以在那片草甸上建一个伊甸园。当我们以为这不是一种孤立的现象，且再也不会发生时，它却无数次在无限多的夜晚里上演，欢呼消除了走到那里的孩子们的疑虑，那里的景色更加辉煌。

伴随着所有浪费在城市中的荣耀和辉煌，太阳落在了一些废弃的草地上，在那里看不见房屋，仅有一只孤独的沼泽鹰用余晖来给自己的翅膀镀金，或是有一只从它的小屋向外看的麝香鼠，在沼泽中有一些深颜色的小溪，刚刚开始蜿蜒流淌，缓缓地绕过一个腐朽的树桩。我们走进如此纯净而明亮的光里，给枯萎的草和树叶镀成金色，如此柔和而安详的明亮，我认为我从未沐浴在这样的金色洪水中，没有一丝涟漪或潺潺低语。每一棵树的西侧和不断上升的地面像极乐世界的边界那样闪烁着微光，我们背后的太阳像一个温柔的牧人那样在傍晚驱使我们回家。

因此我们信步走向远方，直到有一天太阳将比以往任何时候照耀得更明亮，或许将照进我们的头脑和心灵，像秋天在河畔上那样温暖又安详，用一种伟大的觉醒光辉点亮我们全部的生活。

詹姆斯·罗塞尔·罗威尔

引入语

詹姆斯·罗塞尔·罗威尔，诗人，散文家，外交家和学者，1819 年 2 月 22 日出生于马萨诸塞州剑桥市，神体一位论派牧师的儿子。就读于哈佛学院期间，他尝试过法律专业，但很快放弃了，改学文学。他写于 1844 年的诗《当前的危机》是他第一部引人注目的作品，在公众心目中留下了深刻的印象。在随后的 20 年政治困扰中，人们不断地引用其作品中的语句。1848 年罗威尔创作了 4 部作品——《诗歌》、《寓言批评》、《比格罗论文》和《罗恩福爵士的愿景》。其中第二部作品表现出了作者的机智和评论家才华；第三部使作者作为政治改革家；第四部表现出作者是诗人和神秘主义者。这些他性格中的不同侧面继续伴随着不同的卓越作品出现在他整个职业生涯中。

1854 年，朗费罗从哈佛大学艺术学院退休，罗威尔被挑选出来接替他的工作，并通过为工作做准备的方式在接下来的两年间在欧洲学习现代语言和文学。1857年他成为《大西洋月刊》的第一主编，并在1864年和查尔斯·艾略特·诺顿合作编辑《北美评论》。在整个南北战争期间罗威尔代表联盟写了许多散文和诗歌，以文学批评为主。

1877年，罗威尔作为美国公使前往西班牙，并于1880年来到伦敦，在那里的5年间，他以杰出的表现代表美国做了很多改善两国关系的工作。在他回归美国6年之后，即1891年8月12日，他在埃尔姆伍德那栋在剑桥市他出生的房子里与世长辞。

罗威尔的文学天赋是多方面的，以至于很难说能把他最终的荣誉归功于哪一个方面。但可以肯定的是，他将长久地因为散文的优雅、活泼和生动流畅而被推崇，在其中他把对这种伟大的美国思想和性格观点展现在全世界面前，正如在下面提及的散文《亚伯拉罕·林肯》中处理手法那样。

亚伯拉罕·林肯（1864年～1865年）

自从南卡罗来纳州焦躁的虚荣催促十个繁荣的州犯下了罪行，它必然的惩罚是在他们错误对待的国家的仁慈之下或是他们号召但无法控制的无政府状态下脱离合众国时，出现了很多痛苦的危机。当没有深思熟虑的美国打开它的晨报时，并没有恐惧地发现它已不再是一个被热爱与尊重的国家了。无论震惊的结果是什么，人们最初的震动是开始觉得在地球上仍然有足够多的回旋余地来自由活动。但不可言喻的情绪是由记忆和希望、本能和传统构成的，它膨胀每个人的心，塑造他的思想，虽然或许从不呈现在他的意识里，却会从中消失，让它流于平凡而已。人们可能从中收获丰富的成就，但完美的无价联想的丰收将不再获益。从情绪的每一处散发出勇气和安全信息的美德会消散得令人无法回忆。我们应该义无反顾地和我们的过去决断，并且应该被迫地把我们生活参差不齐的结果和为我们摇摆的新情况的机会拼接起来。

我们承认最初我们有疑虑，是否人民的爱国主义有着狭隘的地方性以至于不能接受民族危亡的部分。我们感受到了一种对巨大的公众集会和热情的欢呼自然的不信任。

一个反动组织应该遵循被战争输入的节日热情，而且应该很快跟进，公共精神的放缓与先前的过度紧张应该是相称的，这一点很可能会被所有研究过人性或历史的人所预见。人们在社交中的行为总是极端的。因为他们在某一时刻具有较高的勇气并且值得信赖，接下来表现却卑劣抑郁，这只是一个概率问题。自我欺骗不能导致对原则的怀疑，欺骗更不一定导致对某人的不信任。热情是演说家的好材料，但政治家需要的是更持久的材料，必须能够依靠深思熟虑的推理和人们随之而来的坚定，如果没有这些东西，沉着和镇定就显得更加重要，其道德的重要性毫不逊色于物质的危险。请问这种自由国家的激情呈现出来了吗？它被宪法自由价值的正义感觉点燃了吗？它能够承受检验、反转和延误的必然衰减吗？我们的人民是否拥有足够的智慧能够理解您是在秩序和混乱之间，政府依法平衡和暴政的厮打之间做出选择？在没有仇恨和掠夺的刺激下，具有对原则的非个人的忠诚，战争是否可以持续？这些都是严肃的问题，没有先例提供借鉴。

战争的开始阶段是最着急忧虑的时刻。一位被政治异端传染、因同情叛逆和南方阴谋而被怀疑的总统刚刚交出政权，我们对继任者不会说权力，只说混乱的局面，他代表一个有着长期站在反对方一边却毫无行动的政党代表而已；一个空的国库被要求提供资源，这在金融史上事无先例；树木尚在生长，即将组建和装甲的海军所依靠的铁矿石尚未被开采；无纪律的军官将会在军队里发动暴动；欧洲的大集团强调的、带有模糊的暗示和有冲突的公众舆论，要么轻蔑地怀疑，要么积极地敌视。我们很难高估后者——在国内的每个公民、在战场的每个士兵——的力量。北方的谣言传播者是谋反者最有力的同盟军。一个国家应该为其危险负责，也应该为电报负责，每小时发送恐慌电流至最偏远社区，直到兴奋的想象力使每一个真正的危险提高至其虚幻的两倍。

即使我们只看看比较明显的困难，我们的内战所要解决的问题是如此巨大，无论是在它的直接关系方面，还是其未来的后果方面；其解决方案的条件是很复杂的，极大地依赖于不可估量和无法控制的突发事件；这么多的数据，无论是对于希望或恐惧，都来自他们的创新，是不能按照任何历史先例类别排列的，当政府的民主理论的力量充足坚定的信徒很可能会在灾难忧虑中屏住呼吸之时，便存在危机的时刻。我们的政治哲学教师，从一些小城市如希腊、意大利或佛兰德等国家而来，他们长时期的贵族生活现在被打破，取而代之的是暴徒的尴尬插曲的郑重争论，他们一直教导我们，民主不是情感忠诚、高度集中和长期的努力、影响深远的观念；它是被吸收的物质利益；不耐烦的规则，更多的是约束力；没有引力的自然核心，也没有离心力之外的任何力量；永远在内战的边缘，最终偷偷潜进不受欢迎的政府、军事专制的天然施舍的房子里。这对于了解民主的人来说确实是一个沉闷的前景，而美国通过一些同胞——英国人或是谁吃了一顿糟糕的晚餐或丢失了地毯袋——的报告，曾写信给《泰晤士报》要求采取补救措施，并得出民主不稳定的悲哀推论。也不是因为人们想把他们的大脑浸泡于伦敦文学，误把伦敦人的派头、语调等同于欧洲文化，从而鄙视自己国家缺少世界主义胸怀，他们，因为他们所有的一切和他们将要支持的民主，认为我们希望的泡沫已经破灭。

但是，除了令人沮丧的影响，它可能会影响胆怯或意志消沉的人，他们有足够的理性慎重对待任何希望的过度自信。一场战争——无论我们是否考虑广袤的领土危在旦夕，军队进入战场，或所涉及的原则的范围，可能会被认为当代最重大的——是由一个民族在国内发动的，扰乱了五十多年的和平，在没有经验、没有声誉的首席法官的领导下，其每一项措施肯定会被嫉妒并被无道德原则的少数人狡猾地阻止，他们在处理前所未闻的国内混乱的时候，一定要安慰国外的敌对中立国，等待一个借口来发动战争。所有这一切都是在没有警告、没有准备的情况下进行的，而在同一时间，社会革命要在千百万人的政治条件下完成，与那些不愿意解放者通过缓和偏见、舒缓恐惧，并逐渐获得合作。当然，如果说真的有一个场合，当历史学家的高度想象力可能会明显地看到干涉人类事务的命运时，这里有一个难题是要命运之神来解决的。从来没有，也许，在过去三年期间，哪个政府像我们的政府一样不断寻找一种品质；从来没有哪个政府会证明自己那么强壮；从来没有什么力量那么直接地去追溯人民的美德和智慧，公众舆论的一般启示和敏捷效能可能受到我们自己的政治框架的影响。

我们很难理解，即使是一个外国人，他怎么能无视这里正在进行的思想论战的伟大呢——无视英雄的力量、坚持、国家的自力更生证明伟大是比单纯的权力更珍贵的；我们无法想象美国人的精神和道德状况，美国人没有感到他的精神振作和提高了，即使在观众来看他们取得了那样的品质和成就。在战争开始的时候，反叛势力就有了明确的目的，并花了很长时间讨论可行的计划，而根本不是在战争结束后；受欢迎的振奋精神已经慢慢增强为一个热切的国家意志，这有点不切实际，道德情操成为无意识的道德实践的目的工具，隐蔽的敌人的叛逆、竞争对手的嫉妒、朋友的不明智的热情，并不能消除危害。英格兰对内战的恐怖的良心感知已经防止把内战演变成国际战争了，所有这些结果中的任何一个都可能足以证明一个统治者的伟大，主要归因于这个统治者良好的意识、睿智、伟大的胸襟和未知人类的无私诚实。通过心灵在未经考验的紧急情况中的存在，测试了一个人的自然属性，它卓识地去看，无畏地诚实认错，在反对意见中看到真理，为了更有力地揭露了潜伏其背后的谬论，一个理性者最后获得事实论据的力量。这是一个明智的预测，让敌对的组合进行不可避免的战斗，成为他自己的力量元素。一个政治家，通过治国方略证明了他的天才，尤其那么轻松地指导公众情绪，他似乎遵循的情绪，通过这样产生疑点，他可以坚定而不必看似那么固执，从而获得妥协的优势，但却不会让步，通过这样本能地理解一个民族的脾气和偏见，使他们逐渐意识到自己的自由，从脾气和偏见方面表现出卓越的智慧。因为品质，像这些品质，我们坚信历史将把林肯先生列为最谨慎的政治家和最成功的统治者。如果我们想欣赏他，我们不得不设想不可避免的混乱，如果有一个软弱的人或不明智的人代替他的话，我们现在应该还在混乱中。

北欧有句谚语说："其背后没有兄弟。"通过类比，对于有选举权的执法官来说的确是如此。世袭统治者在任何关键紧急的时候可能会考虑取之不尽、用之不竭的资源，例如声望、感悟、迷信、依赖，而新人必须缓慢而痛苦地用他周围的材料勉强去创建出所有这些，通过人格的优势，按照耐心的单一的目的，同时还包括流行趋势和同情的本能及民族性格的睿智。林肯先生所要完成的就是一个奇特而特殊的任务。长期养成的习惯让美国人们已经习惯了执政党的理念，以及一个总统作为其工具而存在，而更重要的事实，即当前的行政代表政府的抽象的概念，作为一个永久性的原则高于所有政党和一切私人利益，并逐渐变得陌生。他们已经在很长一段时间里看到公共政策或多或少受到执政党的观点指引，甚至是个人利益，就好像准备好去质疑治安官的动机一样，第一次在我们的历史上，感觉自己是一个伟大民族的头脑和手脚，按照基本的格言行事，放弃了所有的政论家，政府的首要责任是捍卫和维护它自己的存在。因此，一个强大的武器似乎有必要放到反对派手中，据此，政府发现应用这个老道理到新关系中。反对不是他唯一的也不是最危险的对手。

　　共和党人给国家带来一个问题，就是道德比以往更直接和明显地与政治夹杂在一起了。他们的领导人以演讲的方法进行了培训，该方法依赖于它的效果，而不是道德意识及对它的理解。他们更多地从经验，而不是从普通的是非观中得出结论。当战争到来时，他们的体系仍然是适用的、有效的，这里人们的理性通过他们的情绪再次表现出来并被点燃。这是令人振奋的，而他们持续、尊崇并澄清人们的思想，给国家以单纯的文字、人权、民主，超出了有节制的和逻辑论证的意义和力量。他们的信念通过最高级逻辑得到维护和辩护。那种热情快速流入，并激发了那些最原始的本能，让它们藏身于心灵的窝点和洞穴里。所谓的最受欢迎的心灵被唤醒了，那说不清的东西可能是最高的理性或最野蛮的理性。但热情一旦冷却下来，不会再被预热。法国大革命的教训是没有比它更可悲的和比它更惊人的，你可以用人类的激情来做一切事情，除了政治制度，并没有什么比真情制成教条更无情和残酷的了。它总是令人泄气地去扩大一些问题的情感范围，在它不具有合法管辖权的领域内。也许林肯先生最艰巨的任务就是让别人支持他的愿望，并保持他们的一致性，同时对反对者做出明智的抵抗。

这三年所带来的变化是显著的，无须评论，必须要放在心上。从来没有一个总统执政时有如此少的支持力量，但他通过自己的心灵力量和稳健的理解力，赢得了民众的支持。所有那些了解他的人，都知道他是一个好的巡回演讲者，因为他的聪明才华而被提名，因为他没有后台，却被反对者推上了台。这很可能会令人担心，一个人年过五十，一定缺乏男性气概的性格，在决定原则上、在意志的力量上也会久缺。一个人最多只能代表一个政党，可他甚至不能公平地代表那个政党。当然，在过去，没有人能够用那么少的力量资源来执政，像林肯先生那样，在当前存在那么多有缺陷的材料的条件下。甚至一半以上的联盟都认可他作为总统，在那时，有一大群危险的少数，几乎不承认他执政，甚至在选举他的政党里也有大群少数分子怀疑他在暗中与老底嘉的教会进行圣餐。一方面，凡他所做的，激进论者肯定会加以恶毒攻击；另一方面，凡是他所未做的，被其他人诬蔑为冷淡和倒退的证明。同时，他通过这两种方式进行了一个真正巨大的战争。他让国家脱离前所未有的危险的外交纠葛，不受任何帮助或阻碍的干扰，从危险中赢得了他的政府，赢得了人民的信任，获得了自己的安全以及他们的安全。他设法做到了这一点，或许自从华盛顿以来，经过三年风风雨雨的执政后，我们的总统中没有一个像他一样如此坚定自信地站在人民面前。

林肯先生的政策是试探性的，也是正确的。他不会制定前后矛盾的计划；也不会制定与周围环境不适应的严苛规则。他似乎选择了马萨林的座右铭。内政部，可以肯定，最初表现得不是很突出。但是它变得越来越突出，直到世界开始被说服，认为它代表了林肯先生自己显著的个性品质和事务能力。时间是他的首相，并让我们开始思考，在某一时刻也是他的大将军。起初，他是如此慢热，他选拔了那些没有进步迹象但是很有潜力的人。然后，他的进步是如此之快，他采用了那些让人认为没有安全感的人，然而他们就像锅炉底下的火花一样充满希望。林肯先生知道如何抓住机会，努力改变以找到尽可能多的他所需要的东西。林肯先生在我们看来，有时让大家等得不耐烦，但他一直等待着，好像一个聪明的人应该做的那样，直到合适的时机提出了他所有保留的意见。

我倾向于认为，从一些批评林肯的意见里可以看出，那些人在原则上是支持他的，一个政治家的主要目标应该是宣布他遵循某些教义，而不是通过安静地完成目标来获得他们的胜利。在我们看来，没有比一个认真死板的教条主义者更不安全的政治家了。确实，对于无所不能的上天有一个受欢迎的形象，在他的塑料手里，人类的顺从命运变得像蜡一样。但在现实生活中，我们经常发现，控制情况的人正如它所谓的那样，是那些学会了接受涡流影响的人，并让退却时刻变成幸福瞬间。林肯先生的危险任务是携带一个相当不稳定的木筏通过急流，让难以控制的原木快速前进，以便他能抓住机会。国家应该庆祝，他没认为他的职责是直接面对所有危险，而是谨慎地确保自己与主流的方向一致，稳步地保持这个方向。他还在野外的水里摸索，但我们有信心，他的技术和眼光最终会将他带上正路。

一个奇妙的正如我们认为的不是太恰当的类比，可以在林肯先生和现代历史上最引人注目的人物之一之间得出——法国的亨利四世。后者的职业生涯可能会更加美丽，通常作为一个大胆的船长来说。但在其所有的沧桑中，没有什么比这突然的变化更浪漫，如阿拉丁神灯一擦，从一个伊利诺伊州乡村小镇的检察官到一个伟大的国家像现在这个时刻的掌舵人。两人的性格和状况之间的类比在许多方面都非常接近。亨利继承的是一个处于叛乱中的国家，而不是一顶华丽的王冠，他主要依靠的力量是胡格诺派，可这个政党用教条压制他，让他厌恶狂热分子。国王只是名义上拥有法国最高权威的代表，可他们反对他，对于更有远见的天主教政党来说逐渐认识到，他是秩序和合法权威论的唯一中心。与此同时，天主教徒有点疑惑地希望，他会是他们的，亨利自己却不接受劝诫、建议，不断地开玩笑就像他的举止一样。我们已经看到了有人轻蔑地把林肯先生相比于桑丘·潘沙，这些人无法欣赏曾经写过的最深刻的浪漫史里的最深刻的智慧，即，虽然堂吉诃德是无可比拟的政治家，但桑丘总是用很多谚语及珍贵的经验，使他最可能成为实际的统治者。亨利四世和林肯先生一样充满智慧和经验，但是在这些的掩饰之下，是一个周到的、人性化的、非常认真的人在亨利的带领下，法兰西将重整力量，直到成为欧洲体系中一颗重要的行星。

一方面，林肯先生比亨利幸运多了。但是有些人认为他缺乏热情，最狂热的人找不到任何他的叛教污点，也不能最恶毒地指控他受到个人利益的影响。两个人最大的区别在于他们周围的环境不同。亨利融入他的民族，使得法兰西统一；林肯先生按自己的思想发展，我们始终相信，他会让美国统一。我们让我们的读者进一步寻找他们之间的相同点和不同点，在这里只是指出他们二者之间存在的对我们来说一般性的相同点，我们会允许自己触及的只有一点让人感兴趣同时也让人忧愁的方面。林肯先生不帅也不优雅，我们从某些英国游客那里得知，他们完全没有维多利亚女王时期美国人的幽默感。这不是我们关心的，也不影响他所占有的更高的地位。但是如果我们可以查阅一些资料，那么从表面上看，他肯定像亨利一样幸运。林肯先生也被一些不友好的英国评论家说成带有美国腔的人，但是，我们仍然喜欢他。

更敏感的机构的人们可能会感到震惊，但我们很高兴，在我们真正的独立战争里，我们永远从旧世界里解放出来，我们成了我们自己事务的主人，就像上帝制造了亚当。惯例都很好地处于它们适当的位置，但它们在自然的触摸下像碎秸在火灾中一样枯萎了。用他的主观意志统治一个国家的天才似乎对我们来说不是很令人敬畏，他通过增加和强化整个民族的本能和信念来实现自我。专制可能比这更耸人听闻，但与人类的价值和利益相去甚远。

经验让我们对即席而作的政治家有根深蒂固的不信任，虽然我们不相信政治是一门科学，政治，如果不能经常控制人类的特殊才能和伟大力量，至少要控制长期和稳定的有权势的人对权力的应用，以便它可以掌握它的首要原则。奇怪的是，在一个以智慧为自豪的国家里，理论应该普遍认为最复杂的是人类的发明，而且每天都在变得更加复杂。

林肯先生有时被称为一个典型的领导人。除此之外，他还是一个有公平意识的人，具有原始智慧的人，他在职业上的培训正是与党派所遭受的相反。他作为一名律师的经验迫使他不仅要看到人类事务中每个现象所暗含的原则，而且每个问题都有两面性，为了理解其中一个方面，必须完全理解这两个方面，所以律师更大的优势是欣赏对手的优点而不是缺点。没有什么比他在道格拉斯先生的辩论中准确无误的机智更著名，这也是他直奔主题的胜利果实。林肯先生是尽可能地远离即兴的政治家。他的智慧是由对事物的认识及对人类的认识组成的；他的洞察力源于思想上明确的看法和诚实地承认困难，这使得他明白了政治见解的唯一持久的胜利不是建立在任何抽象权利的基础上，而是在尽可能公平的基础上，在特定时刻，在人类事务上，在相互让步的平衡中实现最高的理想。毫无疑问，他有一个理想，但它是一个实际的政治家的理想——瞄准最好的理想，并去争取下一个更好的理想，如果足够幸运他甚至都能实现。

勇敢和智慧让他了解，先例只是一个具体化的经验的别称，它在人类的社区生活方面比个人的生活方面给予更多的指导。他不是那样的人，认为坚持推倒良好的公共经济仅仅是为了获得一个重建更好经济的机会。林肯先生对神的信任是建立在对人类智慧不信任的基础上的。也许是因为他对自信的需要而不是其他东西为他赢得了人们无限的信任，因为他们觉得没有必要从他故意采取的任何立场退却出来。在战争期间，他的政策比较谨慎，但是有稳定的进步，就像罗马军队。他指出了一条坚实的道路，公众有信心去追随这条路，他把美国带上了他所愿意发展的方向。他有着朴实无华的品质，他的王权体现在每天的工作中。从来没有哪个统治者像他那样完全没有意识到权力的存在，他成为人们所欣赏的人。他似乎只有一个行为规则，总是那么实用和成功的政治规则，让事件来引导自己。

无疑政治家的最高功能是逐渐地让社会的行为适应道德法律，让每天冲突的自我利益服从更高和更持久的利益。但是国家的所有安全立法必须建立在理解的基础上，而不是感情的基础上。伏尔泰说过："考虑不重要的条件是伟大事物的坟墓。"对于个别人这可能是对的，但是对于政府来说当然不正确了。它有多种这样的考虑，每件事本身很琐碎，但集合在一起就很重要了，政策的制定者可以自己预测什么是可行的，因此他们是明智的。每个明智的政治家和诚实的思想家都有可能使自己陷入自相矛盾的困境。愚蠢者和死去的人永远不会改变他们的看法。一位伟大的政治家的成长过程类似于通航河流，通过高贵的弯曲让步，避开不能移动的障碍，寻求人类最终一致的更高水平的意见，追随和标记出国家发展中几乎难以察觉的斜坡，但始终瞄准前进步伐。我们要求政治家，不带有固执的偏见或得意忘形坚持不切实际的想法。对于不切实际，无论理论上多么诱人，在政治上永远是不明智的，明智的政治家会审慎地把它应用到公共事务中，它是个人最安全的指导。

毫无疑问，奴隶制是需要林肯先生去处理的最棘手的问题，在他的位置上，不管他的意见如何，没有人可以逃避这个问题，因为，虽然他可能承受政党的抗议，他迟早都要屈服于周围环境的重要性，周围环境在此转折时刻，以各种形式把问题抛给了他。

一直以来外国对我们提出指控，说我们的战争并不是明确并且公然地为了取消奴隶制而进行的战争，而是一场为了保存我们国家的权利和伟大而进行的战争，其中解放黑奴是历史强加给我们的同时也是我们必须接受的。这样的指控一直被一些仅仅通过自己对自己祖国的看法而不是根据自己祖国的现状来衡量自己祖国的人一次次地重复着。我们绝非否认这一点。不仅如此，我们承认我们甚至对于那些通过他们自己的行为免除我们的责任的人放弃我们的宪法义务方面的进展确实很慢。我们所讲的政府，为整个国家的利益而设立，不能超越有序的法规的限制，也不能放弃自己的本质，借口革命带头领导叛乱。毫无疑问，许多热心和真诚的人似乎认为这是简单的事情，就像跳起了弗吉尼亚舞一样。他们忘记了像我们这样的系统里尤其不应该忘记的东西，就是现在的政府不仅代表选举它的大多数人利益，也要代表少数人的利益。

林肯先生没有被选为反对奴隶制社会的总代表，但作为美国总统，他必须履行法律规定的某些功能。与此同时，他必须解决这个新的斯芬克斯之谜。林肯先生选择了巴萨尼奥提供给他的选择。斯芬克斯之谜的寓意就在简单的解决方法中。那些没能成功猜测出答案的人之所以失败，是因为他们过度聪明，给出的答案适合他们自己的庄严场合和自己尊严的意见，而不是本身的答案。

即便如此，早先林肯先生还不相信危机的危险和严重程度，正在努力说服自己联盟南方多数派，希望能赢得和平解决方案——同时他认为无论分裂会怎样让一些州逃脱义务，也不能让他们逃避宪法的制裁，当时叛乱的奴隶主独自享有特殊的待遇。自由政府的敌人一直设法说服人民战争是一个废除奴隶制的过程。没有理由的反叛被宣布为人类的权利之一，镇压叛乱是政府的首要责任，这样的动机则被小心地掩盖了起来。这个国家出现的所有罪恶已经被归因于废奴主义者，尽管很难看到任何一个党派如何以两种方式中的一种可以永久地强大，或者因为其坚持真实的原则，或者因为反对党的挥霍无度。

　　国家这艘大船，在宪法的保护下安全航行，突然被一只从未知的深处出现，用它黏糊糊的触角抓住了大船的废奴主义的巨大海怪吞没，这样的想象是在用彭托皮丹的眼光看待出现的自然史。相信南方反对者领袖担心废奴主义的任何危险是拒绝承认他们具有普通通性，尽管可以毫无疑问地说他们利用它来激起被迷惑的同伙的恐惧。他们之所以会恐惧，不是因为他们认为奴隶制弱小，而是因为他们认为它足够强大，他们不是利用奴隶制来推翻政府，而是要让奴隶成为政府的主人。可以越来越清楚地看到，他们只是将叛乱作为革命的一种手段，而且如果他们得到了形式上并不是他们追求的革命，美国人民是否会以不惜牺牲自己的存在为代价从他们的后果中去挽救他们？林肯先生的选举，显然他们会用自己的权力去阻止，这是他们叛乱的时机，而并不是他们叛乱的原因。

　　废奴主义直到一两年之内，仍被部分人认为是异端邪说，还不如选举一个社区警察重要，而且他们的基本原则是不统一的，因为他们确信，在联盟内奴隶制的立场是固若金汤的。尽管有个谚语，意思是小事件引起不了大观注，对比橡子和橡树的大小，好像可怜的妈妈为了孩子的成长付出任何代价那样。但真正的奇迹在于它汇集自然界的所有的力量去为种子服务以便履行其命运的神圣联盟。

在过去十年的反奴隶制的过程中，一切都在起作用。但比起奴隶主来说，加里森和菲利普斯因为他们不断增长的伪装和嚣张气焰，根本不是成功的宣传者。他们通过挑衅防守中的自由和民主已经迫使自由国家的每一个选民注意到了该问题。但是，即使在堪萨斯州的暴行之后，北方民众不愿发起攻击，尽管有越来越多的决心去抵制他们。三年前广泛地一致赞成战争只不过是一定程度上的反奴隶制情绪，远不是任何废除奴隶制的热情。但是战争中的每个月，自由国家的奴隶制的盟国的每一个动作，成就了数以千计的废奴主义者。

虽然每天人们都离得出结论更近了一步，从一开始所有有思想的人认为是不可避免的，林肯先生是明智的，他让自己的政策与事件联系起来。在这个国家里，知识渊博，思想博大是政治家最好的才能。到目前为止，总统制定的政策已经得到事实的证明，它总是产生更加坚定团结的舆论。在林肯总统的公开言论里，特别令人钦佩的事是让人亲近的语气，虽然它们也许是最困难的风格的实现，毫无疑问也指示出了个人的性格。在一个当选的统治者身上一定有特别高贵的东西，他可以屈尊到安逸的水平而不丧失尊重。对一个民族来说，没有比简单的信任更高的恭维了，虽然看似平淡，林肯先生总是让自己听命于美国人民的理性。这确实是一个真正的民主主义者，他把自己建立在这个假设的基础上。

"来吧，让我们理性地对待这件事情。"这一直是他对人们演讲的语调。相应地，我们从未有过这样的总治安官，他为自己赢得如此多的爱戴，并同时赢得他的同胞的欣赏。对我们来说，他对他同胞的正直的充分信任是非常感人的，它的成功同样强烈地论证了我们曾经支持的理论，就是人类可以自己管理自己。他从来没有任何粗俗的动作，他从来没有暗示他出身的卑微。他把自己放在那些与他演讲的人的同一水平上，没有轻视他们，而是坦诚地认为那些人也是有头脑，也可以得出理性的共同点的。在最近出版的一篇文章《教练型领导实践计划》中，贝亚德·泰勒先生提到了一件惊人的事，即在五点区最肮脏的地方，他发现了林肯的肖像。可怜的人们曾扔掉支持他的选票来反对他，可又本能地歌颂他美好的人性。他们的无知地卖掉选票，拿走了选票的钱。

林肯先生从来不说"这是我的意见"或者"我的理论"，但是他会说"这是根据现有条件得出的结论，根据我的判断时机已经到来，因此，我们越早来对我们越有利。"他的政策一直是舆论基础上充分讨论过的公众政策，并能及时认识到过去实践在塑造未来实践的特点中的影响。

林肯先生吸引大众心灵方面了不起的成功秘诀之一，无疑是没有意识到自我，这使得他，虽然必须经常地使用"我"的称谓，但是却没有暗示出自我主义。林肯先生从未研究过昆体良（古罗马修辞学家和教师），但他有最认真的简洁性和自己的性格，不受美国主义的影响，他的演讲艺术值得所有人学习。当他说话时，人们似乎在听着自己的思维在说话。他的思想的尊严不是源于华丽的辞藻，而是来自于理性的力量，他也不知道什么修辞方式，也不去哗众取宠，他一直在演讲中赞扬别人的智慧，而不提他对他们的偏见、愤怒，或者他们的无知。

在林肯先生去世的时候，这个朴素的西部律师，一个政党认为他是个庸俗的小丑，支持他的教条主义者认为他缺乏政治家的所有元素，却是基督教国家中最完美的统治者。他用好脾气准确地把握了他的同胞的内心，理解了他的同胞。不仅如此，他还几乎赢得了绝大多数，不仅是他的同胞而且是全人类来支持他。一个平民，取得了如此大的军事成就。笨拙的他，在礼仪方面没有太多的技巧，他留下了超越一切征服者的伟大声誉，比外向的人给人留下更优雅的记忆，他的绅士风度比训练过的人更令人印象深刻。以前从来没有如此惊人的四月清晨，让那么多的人为他们没有见过的死者痛哭流泪，就好像他友好的存在已经远离了他们的生活，使他们的生活从此更加寒冷黑暗。从来没有葬礼颂词如此雄辩，当参加葬礼的人在那天相互遇见后，彼此陌生的人静静地交换了一下同情的眼神。他们共同失去了一个亲人。

论民主

他一定是一个天生的领袖或人类的领导者，或者一定被派遣到那样一个世界里，在那里他不会协调各种关系，也不会平衡各种利益，我们称之为缺乏幽默感。他，在年老的时候，对他自己的观点非常自信，认为他的信念能给世界带来和平，就像他年轻时候拥有的自信一样。在这个世界里，一切似乎都是海市蜃楼，唯有努力把现实和表象区分开来，上了年纪的人一定需要非常坚强和健全的性格，他确信他有经验，有反思的判断，这些可以构成他独特的观点。在日常的世界里——而且几乎是每小时的世界里——新闻的世界里，每一个聪明的人，每个认为自己聪明的人，或者别人认为聪明的人，被要求提供他的判断观点——空白的和用语言表述的关于人类思想的每一个可以想象的主题，或有时候看起来似乎对他而言相同的东西，在每一个需要展示人类不可思议的思想上，有所有那些提供公共话语所允许的庸碌老生常谈的这样一个挥霍无度的浪费。在这种绝望的必要性里，一个人往往倾向于认为，如果把字典中的所有单词拆开，然后把所有这些进行重新组合，我们可能会发现其中一些凄美的对思想或表达的新颖性的建议。但是，唉！这仅仅是伟大的诗人的天赋，他们似乎有意想不到的惊人发现和无法估量的短语，以及无穷的话题。对于其他人不过是一遍遍重复以前的话。读过亚里士多德的人会很容易认为观察力在普遍适用性上有最佳话语权，而登上了柏拉图之塔的人则与此不同，他们从不希望爬上另一座塔，用如此崇高的猜测优势。

在如此简单但是不太容易闭口不说一件事情的地方，为什么非得说来增加语言的全面混乱呢？也有一些是令人沮丧的事情，也希望在不超过一定的时间内进行填补，好像心灵是一个沙漏，仅仅需要摇晃，就可以用高精密的运行来分配 60 分钟。我记得曾经被告知由已故的著名博物学家阿加西，作为教授当他将发表第一场演讲时（在苏黎世，我相信），他对他占用规定的三刻钟的能力深表怀疑。他不带讲稿进行演讲，不时焦急地看着那摆在他面前桌子上的手表。"我讲了半个小时，"他说："我已经告诉他们一切，我在这个世界上所知道的一切！然后，我就开始重复自己之前所说的话，"他调皮地补充说："从此我什么都没有做。"在这个夸张的幽默故事里面，我仿佛看到一张非常严肃的脸。然而，如果一个人只说他不得不说的，然后就停下来，他的听众会觉得自己从诚实角度来说被欺骗了。让我们从法国的例子里得到勇气吧！随着他们葡萄园的土地面积减少，他们的波尔多葡萄酒的出口增加了。

对我来说，沉思这些东西是有点绝望的，默默无闻的一年又循环到此，我发现自己在这个地方被要求说一些话，但在这里那么多聪明的人都在我面前说过了。除了，在我的特邀嘉宾的优点外，通过审美动机和周到考虑，从处理国内关注的任何问题里，在我看来最明智的或至少最谨慎的，是要选择一个相对抽象感兴趣的话题，要问你们关注的一些关于一件事情的广义的言论，关于它们我有一些经验知识，来源于我的耳濡目染，如同另一方面自然赋予我的，我能够从它们身上赢得的回报那样。这个主题本身最容易表明它本身就是生活和政治组织的精神和那些概念的基础，无论是辱骂或表扬，在民主的名义下它们混为一谈。通过保守党改变的性格和教育，我看到了过去几年的古朴的世外桃源，在一个世纪前法国游客惊喜地发现了该地，并看到了由农业转变（对我来说是悲伤的转变）为无产者的人口。巴兰的预言只能相信一半。我已经长大成人，我的故土随着政府的成长现在正在变老，曾经看过它的进步，或者是一些所谓的侵害，像那些冰川一样，不可阻挡，循序渐进。我还曾亲耳听到过各种智者、能人、怯弱之人的预言，并看着这些预言被一些事件掩盖了，这幽默地展示了有声誉的先知的粗心大意。我记得听一个睿智的老绅士说，在 1840 年，随着二十年前对选举权的财产资格的消灭，将会毁灭马萨诸塞州。它已经把公共信贷和私人财产任由煽动家摆布。我有幸看到，二十多年后，共和国用黄金为它的债券支付利息，虽然有时它花费了接近三倍的价钱来保持它的信誉，并且为了帮助保持国家的团结和自尊，它也遭受了空前的人才和财富的流失。

如果普选在我们的大城市运行的不好的话，它一定会是这样的，这主要是因为运用它的人都是对它的使用未经训练过的。有一大部分的公众受托人的选举是由最无知和邪恶的人控制的，他们从国外来到我们这里，在自治政府方面完全不熟练，并不能被美国的习惯和方法所同化。但是我们的城镇财政，在那里本土传统仍然占据主导地位，管理一般是比较诚实和审慎的，其事务通过公众集会来进行讨论和确定。即使是在制造业的城镇，那里多数选民的生活依靠他们每天的工资，公共支出比较适度，通常不是那么鲁莽，这会让传统的观察员比较吃惊。我们需要担心的最后一件事是财产。它总是有许多朋友或总有办法结交朋友。如果财富有翅膀飞离它们的主人，那么财富也有翅膀逃脱危险。

我听说美国有时被调皮地指责给你们带来太多的风暴，我们常常通过宣称我们能够这么做来避开这种指责，因为我们凭借防护系统，我们有能力比其他人更能应对更恶劣的天气。但恶劣的天气不是我们面对的最糟糕的事情。一位法国绅士，不久前，忘记了伯克的训诫：控告一个民族是不明智的，让我们对他在他同胞的道德和礼仪的发现的不一致方面负责任。如果左拉或其他有竞争力的证人会进入这里，就会告诉我们是那些曾经我们视为榜样的道德和礼貌腐蚀了他们。但我承认，我发现我几乎没有兴趣用这些国际的谣言"你属于另一个民族"来陶冶自己。我将讲述在长长的罪行名单中的唯一一点，这点是我们或多或少都要去严重指控的，因为那真的包含了所有事物。这就是我们似乎是用被认为是全新的民主疾病感染了旧世界。它一般是对生活在轻松环境里的人们来说的，他们能够悠闲地对待对他们的投诉，让自己尽情抱怨。也有一些安慰的是，一些阿谀奉承的东西能迎合他们的个人尊严，以及奇异的自负，它们使我们不安的是普遍意识的自然反应，认为我们自己是这个疾病的受害者，以前没有人经历过这种疾病。相应地，他们发现，在一个全面的标题下进行分类会更容易，哪些是冲击他们的神经、他们的口味、他们的利益的，或者他们想象他们的意见是什么，以及如何被民主洗礼的，就像医生将所有诊断不出的病症都认为是痛风，或脾气很坏的研究员把自己的坏脾气归因于天气那样。但它确实是一个新的疾病吗？而且，如果是的话，美国要对此负责吗？即使民主算是一种病，是它导致了根瘤蚜、口蹄疫、歉收、英国差和德国乐队、布尔人及这些后来的日子困扰了他们的灵魂的所有不适吗？然而，我已经看到的美国的民主的邪恶例子，被指作事物的根源和来源，就像是因果关系的序列一样错综复杂。当然，这种骚动不是什么新鲜事。它已经起作用几百年了，而我们更应意识到这一点，因为在这个时代的宣传里，报纸提供了一个讲坛，为那些有苦衷，或者幻想自己有的人，它所激起的泡沫和浮渣表面上更加明显。贝尔纳多在1546年谈到了奥地利的低等省份时告诉我们："他们中有5种人，神职人员、男爵、贵族、公民以及农民。这些人都是无社会地位的人，因为他们在国会没有发言权。"①

不是农民具有破坏性，也不是错误的信仰让他们奋起反抗。教会的神父说，财产盗窃是在蒲鲁东出生前许多世纪前就发生的。布尔达卢重申了这点。孟德斯鸠是国家工厂的发明家，也发明了国家拥有每个人生活的理论。不，不是教会首先组织民主的。几个世纪前的人的首要目的是为了保住自己的灵魂活着，然后宗教以此为拓展核心，因此产生了改革。即使在那当中，有远见的人，如皇帝查理五世看到了政治和社会革命的萌芽。现在，人类的首要目的似乎已经成为保持身体活着，以及尽可能舒适地活着，潜移默化的影响也主要是政治和社会的影响。但当时宗教改革前也受到社会动荡的影响及同时进行的影响，尤其是其中的日耳曼种族的人。改革给了现实不安的出口和方向。以前绝大多数人——我们的兄弟——只知道他们的痛苦、他们的希望、他们的欲望，现在他们开始知道自己的机会和他们的权力。所有比看到他们的盘子看得更深刻的人，倾向于感谢上帝而不是为他痛哭。

毫无疑问，在大西洋的另一边一个伟大而繁荣的民主国家的奇

① 在农民之下，应该记住，仍然还有一个更无助的阶级，即奴隶性的农场工人。相同的证据告知我们，农民支付的非凡的捐税按其估计为男爵、贵族和义民加在一起的近两倍。此外，上层阶级用自己的估值进行了评估，然而他们随意设定农民的估值，农民自己却没有发言权。

观一定是有力地反映了旧世界的人类愿望和政治理论的。但是，无论是善或恶，不应该忽视的是，都是英国的产物。每一种思想的接连出现，都有自己的本能——也许我应该叫他们遗传的本能。这似乎表明，我认为是一个事实，即英国的宪法在任何谨慎或礼仪的伪装下，本质上是民主的。英格兰，事实上，可称为具有民主倾向的君主制，美国则是具有保守本能的民主国家。人们不断地说，美国有民主的氛围，我很高兴觉得它是，因为这仅仅意味着人类控诉和人类职责更清晰的概念开始变得普遍。人们对事物的现存秩序的不满却在蔓延。就像很久之前，哥伦布努力寻找亚洲的后门，却发现自己敲开了美国的前门。我认为不要在乎各地条件是否有利，如同疾病，只要预防措施到位，疾病就不会传播。波洛涅斯早就说过："效果不好，都是有原因的。"通过人的错误的鼓动，所谓人的权利就变得动荡和危险了，只有通过用三段论法才能论证不受欢迎的真理。这不是危险的无知的叛乱，而是智慧的反叛——

　　恶人和弱者徒劳地反叛，
　　奴隶们用自己的冲动进行反叛。

　　法国统治阶级在 18 世纪如果能将尽可能多的注意力放在他们的正当业务上，绝不会落到今天的下场。只有当合理和可行的要求被拒绝了的时候，人们才会做出不合理的或不切实际的行为；只有当可能实现的事遇到困难的时候，人们才会认为不可能是比较容易的。童话是出自于穷人的梦想。不，情感基于民主的根源不是什么新鲜事。我通常所说的一种情感和一种精神，不是一种政府形式，这只不过是另一种自然结果，而不是它的原因的产物。这种情绪仅仅是人渴望拥有权力的一种自然愿望，如果需要的话，是用可以控制的权力来管理他们自己的事务。新意在于他们获得越来越多的控制权，就越来越了解它是多么值得的。与不可避免的东西争吵是没有用的。唯一可以和东风争辩的就是把你的大衣穿上。在这种情况下，也就是，对他们不能阻止的东西做好谨慎的准备。有些人建议我们立刻踩刹车，仿佛我们已经意识到火车正在沿着斜面向下冲。但是比喻有时也不能解释出什么道理，虽然有时武力可以把一个人赶回家，给他留下记忆。我们的不安来自护士和其他有经验的人称之为的成长的痛苦，而不必认真为我们敲响警钟。我们前面的每一代——当然是印刷发明后的每一代人，经历了或多或少的好运气。每一代人的门口总会有人敲门，除非像这个家庭——考德和他的妻子塔那，一直在做一些好事却没有留下名字，他们不必感到不寒而栗。最坏的情况是好事从来都与穷人无关。人类的管理却从没有一点好转，大家也都赞成这点，市议员也都同样赞成这样的预言，世界醒来后发现它的喉咙里卡着东西。这个世界醒来，揉揉眼睛，打打哈欠，伸伸懒腰，却依然我行我素，仿佛什么也没有发生。禁止奴隶贸易，废除奴隶制，解散工会，所有这些优秀的人沮丧地摇摇头，喃喃地说"伊卡博德"。但是工会现在正辩论，而不是搞阴谋，我们都满怀希望地看着他们的讨论，相信他们正在了解公民的事务和实际立法的困难。

还有一个引人注目的事情，就是反对犹太人的解放。几个世纪以来，世界上的各个政府都不爱重用有能力的人，当然他们也都是最顽强的人——种族——这类人给了我们宗教，并在可以找到的文学中给了我们最纯粹的精神鼓励和安慰——还有一种人其能力是天生的和自然遗传的，其血液与欧洲最高贵的血液融和了，用他们自己不屈不挠的方式。我们把他们驱赶到一个角落里，但他们有他们的报复，因为冤屈总是迟早要得到改正的。他们把他们的角落做成了世界的柜台并称之为银行，并从那里用金融的权杖统治了我们。你们的祖父围攻普里斯特利，只有你们可以建立他的雕像，让伯明翰成为英国集权的总部。我们有时会听说这样的说法，这是一个过渡的时代，仿佛这使事情更清晰。但是有人可以向我们指出不是那个时代吗？如果他可以，他会向我们展示这是个停滞的时代。对于我们来说应该记住，对于不重视教育的人来说，革命是他们最容易做的事。一个伟大的人与命运的风暴进行抗争被称为一个崇高的奇观，他肯定会与这些新的力量进行搏斗，与这些已经来到这个世界上的力量搏斗，掌控这些势力为正义服务，这将是崇高的人。我已经暗示，人们害怕民主不是害怕民主本身而是热心民主导致的必然的联系和后果。很多人认为民主会降低人类素质，文化传统也会变得平庸，使人类的生活观念更俗气，继而影响他们的道德、礼仪和他们的行为——危及财产和所有物权利。如果有这样的权力给这个不可避免的问题一个令人满意的答案的话，他们需要因为没有它而感到尴尬。

几个人不嫌麻烦试图找出什么是真的民主。他们这样做将是一个很大的帮助，因为我们在这之前认为民主是违背法律的，不确定的，认为民主属于黑暗世界，无论精神或肉体，民主的世界里满是幽灵与妖怪。民主无非是政府里的实验，更可能在一个新的土壤里成功，但有可能在所有的土壤里受到考验，就像以前别人所做的那样，它一定会因为自己的优点起起伏伏。因为在政治上与在机械上一样没有任何永动机。

林肯总统所定义的民主是"民治、民享、民有"。作为一个政治术语，这是对它的一个足够紧凑的陈述。西奥多·帕克说，民主的意思不是"我和你一样好"，而是"你和我一样好"。这是它的道德概念，作为其他的补充是必要的。民主概念很容易解决所有的谜语，像政治和社会经济的旧的狮身人面怪，它坐在路边从一开始向人类提出问题，而人类总是展现出回答错误的奇异天赋。在这个意义上说，基督是第一个诞生的真正的民主派。正如老剧作家德克尔说，他是第一个真正的绅士。波斯诗人杰拉丁的一个美丽而深刻的比喻告诉我们，一个人敲打爱人的门，一个声音问从里面问道："是谁呀？"他回答说："是我。"然后那声音说，"这房子装不下我和你"，门就不会打开。然后爱人进入沙漠孤独地斋戒和祷告，并在一年后回来了，再次敲门。又一次声音问："你是谁呀？"他说"这是你自己"，门向他打开了。不过，这是理想主义，你会说，这是一个太现实的世界。我承认它是。但是我和那些人一样，相信真正的世界不会无法找到移除它的方法，直到它停留在理想上。曾经认为民主可能只在一片小的领土上，这无疑是民主的严格定义，在那里全体公民在集体大会上直接决定公众关心的每一个问题，瑞士的小州阿彭策尔就是这样。但是人们这种立即干预自己事务的做法不是民主的真谛。这是没有必要的，也的确，在大多数情况下是不可行的。

林肯先生对民主国家的定义是相当准确的，并且已经应用，现在就存在，虽然在这个国家里最高权威属于人民，但是他们只能间接地对国家政策起作用。这一代人已经看到了帝王傀儡的民主，并发现在所有曾经存在的民主里政府从未接受全部纳入其领土范围内的居民，在分享事务的权利方面仅限于一些公民，公民权通过各种限制被进一步限制，有时是财产，有时是出生，还经常是年龄和性别。

美国宪法的制定者没有希望或打算建立一个严格意义的民主国家，虽然，这是不可避免的，他们阐述的政府计划的每一次扩张一直处于一个民主的方向。但是，这一般是增长缓慢的结果，不是理论的突然创新。事实上，他们对理论有深刻的怀疑，并知道最好不要犯与过去一样愚蠢的错误。他们不是受到法国谬论的引诱，这种谬论认为一个新的政府系统可能像订购一套新衣服一样，他们会尽快考虑订购一套新肉和皮肤。只有在那个喧嚣时代的织机上，才能编织他们沉思的思想与经验的衣服。他们充分认识到传统和习惯的价值，作为持久性和稳定性的伟大盟友，他们厌恶创新，创新是属于他们的种族，他们中的许多人不信任从他们的信条里衍生出的人类本性。感情的时代结束了，没有狂热的肯定或人的权利的精细绘制分析为现在的转变服务。这是一个实际的问题，他们按照人类的知识和判断来进行阐述。他们的问题是如何将英语原则和先例适用于美国生活的新情况，他们用非凡的判断力解决了它。他们设法设计尽可能多的障碍，不是以人民的意志的方式，而是以他们的一时兴致。除了少数例外，他们可能承认当时接受了的三段论的逻辑——民主、无政府主义和专制主义。但这个公式是根据小城市的经历得出来的，这些小城市把自己关在他们狭窄的围墙里，在那里公民的人数仅仅是居民的极其微小的一部分，在那里，每一份激情从一座房子回荡到另一座房子里，从一个人传给另一个人，聚集成谣言，直至每个冲动变得合群。①

好在他们的情况是完全不同的。他们为广泛分散的人口立法，为部分独立的国家立法。他们有无与伦比的机会和巨大的优势。他们工作的材料已经通过本能和习俗变成民主的了。它由一个多世纪的自治政府的教育，锻炼了他们。他们把永久的和保守的形式给了易受教育的广大群众。在他们推动和指引新机构方面，尤其是提供制衡方面，他们有很大的帮助，并维护了他们的联邦机构。不同的

---

① 电报机在复制情感的群集和意见方面的效果有待于进一步测定。达尔文主义作为人道主义的粉碎机的影响也是不可忽视的。

哈·佛·经·典

是，有时是相互冲突的，利益和一些国家的社会制度作为一个联盟而存在，凝聚成一个民族条件。解体的根本要素是政治训练的最佳指南。他们的孩子学会了妥协的教训是非常清楚的，这是基本道德的问题，是我们用内战换来的。这是一个权宜之计，在政党政治方面经常是明智的，几乎可以肯定的是在政治才能方面是不明智的。

民主在美国的试验从总体上看，难道成功了吗？如果没有，是旧世界将它的恐惧传染给它了吗？这次试验能让一个民族在种族、语言和传统方面保持和谐，虽然美国不得不一直，吸收和同化庞大的外来人口，尊重所有这些多样性。以前的情况经常在传统的爱尔兰人那里得到证明，他们在纽约登陆，当被问到持有什么政治观点，或询问是否有一个政府在爱尔兰，被告知说有，就反驳道："那么我反对它！"我们从欧洲带来了最穷、最无知、最动荡的人民，并让他们变成好公民，他们增加了我们的财富，他们愿意为保卫国家和他们的机构而牺牲生命，他们知道这是值得的。当然也有例外的情况（他们是可悲的例外），那就是聚居在大城市里的无知和贫穷的人。在另一方面，在这个非常时刻爱尔兰农民买了马萨诸塞州的破旧的农场，并通过勤俭的美德使其再次具有生产力。实现这些即使是平淡无奇的结果（如果你选择那么称它们的话），而且出自最不和谐的势力——我可以说是最顽固的——认为系统中的特定慈善美德，可以做到这一点，并不是靠单纯的运气。

凯雷轻蔑地说，美国对每个人的每一天意味着的仅仅是烤火鸡。他忘记这是个联邦制国家，正如培根谈及的战争一样，国家就是将各个州吞进自己的肚子里。至于财产，在一个国家里应该还算安全，这里每个人都希望富有，即使唯一获得财产的途径是两只手，也能增加一般的财富。从事实来看，有远见的人计算财富增加的力量，以及其组成，美国视其为不久的将来机构的主要危险之一。个人财产的权利毫无疑问是迄今理解的文明的基石，但我有点不耐烦地被告知财产被授予额外的考虑，因为它承担这个国家的所有负担。它可以承担那些，的确是最容易承担的，但是战争容易造成人们的贫穷、瘟疫和饥荒。财富不应该忘记这一点，因为贫困开始不时地想起它来。请让我不被误解，让我能像其他任何人一样看得清楚，高高地估算财富的价值，以及继承的财富的价值，改进安全性，让那些艺术能够促进和美化生活，使一个国家值得居住。许多在这里的英格兰祠堂一直是文化的滋生地，一直是榜样，让所有人受益。旧黄金时代是文明的美德，新黄金时代能够成长为旧黄金时代，能够隐藏起来。

我认为不应该在你们面前辩护或批评任何形式的政府。所有政府都有他们的美德，也都有他们的缺点，在人类历史上任何一段时期都说明了这一点。没有一个人能够忍受一个有经验的刑事律师的愤世嫉俗的盘问，除非是一个相当有智慧又相当厉害的暴君，正如世界从来没见过的，在勃朗宁的那白发苍苍的国王——

> 生活在很久以前
> 在世界的早晨，
> 那时地球比现在更接近天堂。

英语为母语的种族，如果他们没有通过讨论创造政府，也已经至少在实践中把它运行到接近完美。这似乎是一个非常安全、合理的发明来吸引国家的关注，当然是更好地解决问题的方式，而不是肉搏。然而，如果一个人要问了，为什么它不应该被急促地称为政府，那就要摸索口袋好一会儿才能找到一个有说服力的答复。由此看来，它开始怀疑议会和国会是否坐落在威斯敏斯特还是华盛顿，还是在顶尖期刊的编辑们的房间里，在有权的和负责任的辩论者得出结论前，所有的事情都认真辩论过了。我们能说政府是代表大多数人的声音吗？对于18世纪的人来说，他可能自称为一个公正的观察者，似乎就整体而言，一个数量上的优势，作为达致真理的笨拙的方式可以很好地设计，但经验显然表明它是为便于确定哪些是权宜或适宜或可行的决策而安排出来的，在任何特定的时刻。真相，毕竟对于每个人有不同的面貌，等到所有人都获得一致意见时就未免太乏味了。

反对普选的论据同样无法回答。"什么，"我们惊呼："汤姆、迪克和哈利应该和我有一样多的权利吗？"当然，没有什么比这更荒谬的。然而普选不是不明智的发明。艺术大师和医学大师可以说明这些，在他们的选票里可以显示出人类激情或偏见的痕迹。安详的殿下和开明的阶级把人类的事务运行得如此之好，那么，尝试一种成本较低的方法是没有用的。民主的理论是那些看起来最稳定的宪法，具有最广泛的基础，即投票权，使每个选民有一个安全阀，教会一个人如何投票的最好方式就是给他机会去实践。这个问题不再是学术的问题，"最明智的做法是让每个人有选票？"而实际的问题是，"是不是应该审慎对待而不是剥夺整个阶级的选票呢？"可以推测，从长远来看这是正确的，让人们举起选票而不是放下选票，并且在他们自己手中的选票对社会没有他们头脑里错误的感觉危险。无论如何，这两难的意见的来回移动已经席卷了我们有一段时间，政治上的困境是一个比较难以处理的事情。据说，当选举权被不加区别地赋予时，并不会被看重，也可能有一定的道理在这里。公共事务中有权的人立刻附属于社会划分的这个或那个大的党派，合并他们的个人希望和意见使其更安全，因为从更广义来说，希望和意见是由它的战术培训的，并且在一定程度上，能够获得一支军队的有序素质。

　　他们不再属于一个阶级，而是一个法人团体。有一件事，至少我们可以肯定，那些拥有支配神权的人最终会执政，而最高权限属于大部分人，他们渴望由那些比他们聪明的人来进行统治。普选在美国有时是导致轻率的变化的手段，是在改革的理念下进行的，这个是误解了受欢迎的政府的真正意思。其中的一个已经取代许多国家民选对法官的选择。同样的体系应用到军官的选择上，它是我们内战时期许多罪恶的来源，而且我相信，凡事都用普选肯定要废除。但是，一直以来也是事实，关键时刻在国家政策的所有重大问题上的审慎和谨慎都是个明智的决定。民众申诉的理由从长远来看没有失败过。这或许是真实的，通过超越被动服从的原则，民主被误解了，已经放缓了纪律延展性的弹性，"国家的团结和国家的紧密结合的平静"是至关重要的。但是我确信，经验和必要性将治愈这种邪恶，因为他们已经表明他们有力量去治愈他人了。

　　我们被告知，民主的必然结果是削弱个人独立的基础，削弱权威的原则，以减轻对国家、美德或者天才的尊重。如果真是如此，社会就不可能团结在一起了。至于权力，它是时代的症状之一，宗教对它的敬畏在各个地方都正在下降，但是这部分是由于这一事实，即经世致用不再被视为是一个谜，而是作为一个生意，一方面也是迷信的衰减。我指的尊重是我们被告知要尊重的习惯，而不是尊重本身应该尊重的东西。在美国的民主里还有更多的混乱，而不是更适于人们的敏感神经和精致的生活习惯，人民把他们的政治职责看的较轻，也许是，既不自然也不是想成为一个小巨人。民主不能跳到远离他们自己的影子的地方，像我们其他人一样。他们毫无疑问有时也会犯错，并尊敬那些不值得尊敬的人，但他们这样做，是因为他们认为他们值得，偶像是崇拜者的度量衡，但崇拜中有一个高尚的宗教的胚芽。但仅仅是民主陷入这样的错误吗？我看到通过民主程序，提出要为铁路之王哈德森竖立一座雕像，也听说路易·拿破仑被人们誉为社会的救世主，他们当然不属于任何民主组织，也没有经过民主教育。但是，民主同样也有自己的本事。我也看到了我们这代中最明智的政治家和最有才华的演讲家，他们是出生卑微和举止笨拙的人，但他们变得比近代任何君主更有绝对的权力，凭借国人对他的忠诚、他的智慧、他的真诚的崇敬及他对神的信仰和人类的信仰的尊敬，以及他的性格的高尚人性化的简单性的尊敬。我记得还有一个人备受欢迎，他为人谦逊，生活简朴，思想最独立。每到一处，他都不会遇到陌生人，邻居和朋友都为他感到骄傲。这个机构能造就这样的人，例如林肯和爱默生，他们一定有这样的能量。不，在所有这些徒劳的动荡和世界的失败中，如果有一件最稳定的和最好的预兆，有一件事让人乐观地对待别人的晦涩难懂的不信任，这就是扎根于人类的本能，佩服那些比他们自己本身更好和更美丽的东西。政治和社会制度的试金石在于他们能够提供情感的价值目标，这个是文明和进步的根源。这样的结果是完全可能的，因为我认为民主的真正本质就拿破仑一世的定义来说是相当足够的。我应该转译一下，称民主为社会形式，不论它的政治分类如何，在这个社会里，每个人都有机会，并且知道他有机会。如果一个人能向上攀登，并受到不断的鼓励，他会从煤窑的最底层爬到适合他的最高的位置上，他每向上一步，都会被政府授予头衔，但他不会在乎这份名利。米拉波的儿子让·安托万，在 1771 年写道："英国人在我看来，比阿尔及利亚人更不幸，因为他们不知道，也不会知道，直到他们过度膨胀的权力毁灭，我相信已经非常接近毁灭了，无论他们是君主、贵族或者民主，并希望发挥所有三个组成部分的作用。"

英国尚未到此严重的关头，实现安托万的预言，也许民主与名声无关，它只关乎民选政府的实质内容，关注事物的本质及其作用，并对许多冲动给出一个方向，那一直是它的伟大力量的主要因素。也许幸运的是，有一个不成文的宪法存在，因为人类很容易修补他们手里的工作，他们更愿意让时间和环境来修补或修改时间和环境造成的影响。所有自由的政府，不管他们的名字是什么，实际上都是公众观念中的政府，它的成功取决于他们所依赖的公众观念。因此，他们第一职责是净化他们生存的必需环境。民主的发展也增长了恐惧，若非危险，那这种气氛可能被更底层的地方和更有毒的气体所损坏，卫生问题变得更加紧迫，否则民主的氛围将被破坏。民主其最好的意义仅仅是让光线和空气进入。主舍布鲁克，用他一贯简洁的警句，吩咐你教育你的未来统治者。但是这个本身就是足够的保障吗？教育的智慧是扩大人们的欲望和希望的范围。这样做很有必要。但是人们还要做得更多，这些那些的欲望和希望，只要他们是合法的。如果我们不能平衡条件和命运，像我们能平衡人类的大脑那样——一个很睿智的人说的"那里有两个人骑一匹马，必须有一个人坐在后面"——我们也能，或许，做一些事情来纠正那些导致巨大的不平等的方法和影响，并防止这种不平等变得越来越庞大。人们都藐视了乔治先生，想证明他弄错了他的政治经济学。我不认为土地应该被划分，因为它的数量是由大自然限制的。乔治先生自己有一个不公平的大份额，但他在他的强有力的动机方面是正确的。当然，我也深信，人类是目前政治经济学的最重要的一部分。人比世界上最长列的数字更重要，因为除非你在补充中包括了人的本性，否则你的总数肯定是错误的，应该扣除谬误那部分。

我不相信剧烈的变化，我也不指望变化的发生。应该牢牢把握拥有的东西。社会中最强的水泥是人类的信念，人类是宇宙秩序的一部分，像自然一样，太阳就应该去围绕地球转。它是一种信念，除了强迫之外不会屈服，一个明智的社会应该面对它，但不要将强迫放在人们身上。对于个人，没有根治疗法，因为人性本恶。始终坚持的好的原则是你必须"是你自己宫殿的主人，否则你将被世界禁锢"。

要不是人为的罪恶，对于来自于欲望思想的罪恶，思想一定在某个地方找到一个补救措施。之前没有哪段时期像现在这样，财富更明白它的职责。它建立医院，它在穷人中布道，它资助学校，这是社会财富积累的优势之一，从此人们有了休闲时光，并有时间去思考自己同胞的快乐悲伤。但是，所有这些补救措施是局部的，仅仅是保守疗法。就像我们把药膏涂抹到天花的单个脓包上，要想祛除这种疾病，真正的办法是发现和消灭病菌。正如社会现在的构成要素，在于它呼吸的空气，它饮用的水，它所信仰的东西，这些是最纯净的、健康的。它忽视的邪恶的元素在它们的发源地就腐蚀了它们，污染了它们。然而，记住，最难忍受的不幸是那些从未来临的。世界已经经受了太多的不幸，以后经受还会更多，人类应该千方百计地获得快乐。用命运来衡量，强壮的肌肉永远不会有大脑那么重要。我们的解决方法不在风暴或旋风中，也不是君主制、贵族制或民主制，而是会由安静的微小的声音来进行透露，这些声音能够同心灵对话，促使我们成为一个心胸更宽广、处事更明智的人。